The Smell of Dead Flowers

Danielle McLaughlin

枯花的气味

[爱尔兰] 丹妮尔・麦克劳克林　著

金逸明　译

上海译文出版社

献给我的父母，玛丽和泰德

目　录

缠足的艺术

从观音诞开始，或许菩萨会保佑。或从最冷的冬日开始，让彻骨的寒冷像破碎湖面上的冰块一般麻木骨头分裂的痛苦。从她年幼时开始，那时骨头更像水，脚可能像山上的溪流一样被改变。

今天是周二，定期来打扫的女人已经在家里干活了，门厅闻起来像出租车内部，一种叫“阿尔卑斯之春”的人工合成松木香氛，尽管现在是十一月的第一周。贾尼丝解开淋湿的风衣，把它挂在一个衣钩上。她想过提一下她不喜欢这个香味，但她和清洁工很少碰到，写下“我不喜欢这个空气清新剂”——这种抱怨显得无关紧要，几乎是心胸狭隘。而且这个女人也给学校里的其他很多妈妈做清洁。贾尼丝已经感觉到了一种忠诚的等级制度，猜想到了那些小小的背叛和不检点。

音乐从楼上传来，沉重的低音炮震得天花板直颤：这是贝基没去冰球训练的声音。隔壁的哈丁太太即将出现。她会坐在她的前窗边，一看见贾尼丝回来，就费劲地穿上长及脚踝的毛皮大衣，套上鞋子系好鞋带，准备好在贾尼丝家门前的台阶上“发起袭击”。她会抱怨潮湿的树叶让台阶变滑，仿佛这是贾尼丝设置的陷阱，然后音乐停止，她会在厨房的桌子边坐上一个小时，一边小口吸着热茶，一边喋喋不休。

贾尼丝在楼梯半途的平台上停下，把那些水晶饰品收藏——鸟和动物的小摆件重新摆好。它们陈列在窗边的一个桌子上，一处光线最佳的位置。每个周二，清洁工会把它们移走，擦桌上的灰，但每个周二，她把它们摆回去时，位置都会放倒掉。今天，不知何故，桌子似乎没擦过，但它们的位置依然不对。

在她女儿的房间里，架子上的一排毛绒玩具凝视着前方。岁月没有善待它们，每一个玩具都有着各自独特的残疾：一只破破烂烂掉了尾巴的屹耳驴①，一只秃毛独眼泰迪熊。贝基看到她妈时，生气地皱起眉头。“我叫你敲门的。”她关掉音乐说。这年的七月她年满十四岁，突然就长高长大了。她的脸庞，原本就圆过头不太好看，现在则变得更加圆了，棕色的长发是她最美的特点，她却把它们紧紧束成一个髻。她坐在床上，依旧穿着校服衬衫和裙子。她脱掉了鞋子和灰色的毛线袜，正把一双贾尼丝的丝袜缠绕在她的右脚上，绷在她脚趾上的尼龙已经脱线了。

---

① 屹耳驴：《小熊维尼》里的那头小毛驴。

"你究竟在干什么?"贾尼丝说。

"裹小脚。"

贾尼丝看着自己的女儿试图把脚趾弯到脚心底下，看着它们又弹回来。"你在开玩笑，是吗?"

"这是为了马修斯小姐历史课的专题作业。大体上就是关于很久之前女性遭受的苦难。"

"我还是不懂你为什么要自己裹小脚。"

"那么我就能感同身受?"贝基说，"那么我就能体会被压迫是什么滋味? 就是这样的。"

"马修斯小姐多大岁数了?"

贝基没有回答。她正把叠成条状的丝袜缠在她的脚趾上。她脚踝的下面有一道白白粉粉的伤疤，是她小时候脚被一道门夹住所留下的，愈合后的皮肤颜色比其他地方略浅一些。她从身边的一堆东西里抽出一根白布条，开始一圈又一圈地裹脚，直到她的脚变成白色的一坨。

> 活剖开一头小牛的肚皮，把她的脚深深地放进伤口里，让牛血淹没她的脚踝。假如没有小牛，把一只猴子的血煮沸，加入桑根和鞣酸。泡脚直到皮肤变软。

房间冷冷的，贾尼丝穿过地上的杂物——内衣，杂志，喷雾罐——去关窗。包装鲜艳的卫生棉条像盒子里的糖果一般散落在梳妆台上，旁边是眼影和唇彩。它们看起来格格不入，这些成年人的物品，仿佛是孩子在玩她妈妈化妆包里的东西。这个卧室位于整栋房子的后部，俯瞰一个下倾延伸至河边的小花园。贝基小时候，贾尼丝曾担心她会跑出去淹死在河里，于是某年夏天菲利普在木桩子之间钉上金属片，建起了一道围栏。围栏发挥了它的作用，但金属片变形生锈，现在丑得没法看。一旦春天到了，贾尼丝想，一旦白天变长，天气好转，她就要拆掉它。她关好窗，拉上窗帘。

贝基依然忙着用丝袜裹脚。她的旁边，床上有几页纸，一页纸的抬头是“缠足的艺术”，一份手写指南的劣质复印件。它旁边的一页纸上印着一些照片和示意图，有些下面配有说明：用砭石磨脚，或者用一块牛角。贾尼丝没有立刻认出照片上的东西是一只脚。它是一坨灰白色的东西，脚趾融入脚底，犹如一块放得离火太近的塑料。脚的主人对着相机害羞地微笑。她展示自身残疾的方式很怪异，几近卑鄙，犹如旧时流动马戏团里的畸形秀，贾尼丝转开视线，目光重新落到她女儿的脚上。贝基一圈圈地缠绕着布条，她认出了布条上精致的荷叶边，这是客房里的埃及棉枕套。

“该死，贝基！你知道这些枕套要多少钱吗？难道你就不能用其他东西？任何其他东西？”

“我到处都找过了，”贝基说，“没有其他可用的材料。如果你在家的话，我本可以问你要其他材料，但你不在家。”

“或许我应该跟马修斯小姐解释一下，这枕套贵得吓死人。”

贝基生气皱起眉头，暂停裹脚。“你为什么对马修斯小姐像泼妇一般？”

“难道我没跟你说过，不许用这个词吗？”

“什么词？”

“你知道是什么词的。而且准确地说，我对马修斯小姐没意见，我只是觉得她对于作业的一些想法很奇怪。”

“你恨她。”贝基说。

贾尼丝深吸了一口气。“我不恨她，”她慢慢地说，“我甚至从来都没跟她见过面。”但她一边说，一边想起了两年前学校开放日上那个身材纤细的女子，她留着一头层次错落且不对称的红发，穿着一双Ugg靴子，但当时贾尼丝以为她是一个小姑娘，因为她几乎跟她周围那群叽叽喳喳的十几岁女孩子没啥不同。

“如果你去了家长会，就会跟她见过面了。爸爸见过她。爸爸喜欢她。”

贾尼丝思量了一下这句话，决定不去多想。她开始捡起地上的衣服，把它们挂进衣橱里。

贝基继续缠小脚。“罗伯茨女士也恨她，”她说，“但罗伯茨女士是在妒忌，因为马修斯小姐是一个有爱心的人，但大家都觉得罗伯茨女士是一个荡妇。她基本上就是一个荡妇。”

“贝基！”贾尼丝停下收拾衣服。“你永远不许再说这个词，听到了吗？”

“马修斯小姐允许我们说任何我们想说的话。”

“我警告你，贝基……”这时传来了她一直希望听到的声音——家里的电话铃声。“关于这点我们还没谈完，贝基，”她冲女儿摇摇手指说，“远没有了结。”

当皮肤光滑时，把四个小脚趾沿第二个关节拗，把它们折到下面。拿一把刀，削掉指甲。它们可能像蒙古死亡蠕虫那样烂进黑暗的脚心里，那样的话一只脚就会坏掉。

前一天晚上，她跟菲利普一起去道格拉斯村的一家饭店参加了一个四十岁生日派对。过生日的人是安吉拉，一个大学时的老朋友。更确切地说，她是菲利普读大学时的老朋友，因为尽管他们都曾属于同一拨人，贾尼丝却从来都不喜欢她。安吉拉的三个十几岁的女儿也在场，言谈举止都已经跟她们的妈很像了：忸怩轻浮的傻笑，倾向于站得太近，毫无必要地触碰别人。她们尖叫着冲向菲利普，她们中的一个，那个老二，叫他“叔叔”，还亲了他一下。

开车回家的路上，贾尼丝说：“我觉得安吉拉太瘦了，显得脸有点枯。”

“我觉得她看起来很好，”他说，“她看不出有四十了，这点是毫无疑问的。”

开车的是贾尼丝。她扫了一眼坐在副驾驶座位上的他，但他正凝视着窗外。“你知道她姐姐告诉我什么了吗？”她说，“安吉拉让她们都节食。那些可怜的小姑娘。最小的那个最多只有十二岁。”

“十四，”他说，“跟贝基一样大。”

“那依然是岁数太小了，菲利普。”

“她不许她们吃薯片和巧克力，”他转向她说，“这也不是什么人权问题。”

他们驶近一个路口，她猛地刹车。“那么你跟安吉拉就是在讨论这事？”她说，“一起整晚躲在酒吧那边？”

他叹了一口气。“安吉拉喜欢你，”他说，“她只是想跟你做朋友。我希望你能给她一个机会。其实，我们是在聊贝基，说她变胖了一点。”

“我不相信……”她说。

“好了，”他说，“你肯定也注意到了。”

“我来告诉你我注意到的事情吧，”她说，“你整晚都在对整容女安吉拉甜言蜜语。不是对安吉拉，就是对她的某个女儿。别以为我没看见。金发的那个一度把手就放在你的屁股上，她比她妈还要骚。”

“让我下车，”他说，“让我下车，我走路回家。”他们停在一排交通灯前，他试图打开车门，但车门锁着。

“少他妈的装腔作势了，菲利普，我们肯定只剩下五分钟的路了。”她一边哭，一边偷偷地用手背擦眼睛。他本可以探身过来，打开车锁，但他坐着没动，当交通灯变绿时，她往前驶去。他没有说话，直到他们的车在房子外停下。此时她在啜泣，眼泪顺着脸颊流下来。他解开安全带。

“你想过我们的生活会变成这个样子吗？”他说。

准备好白色丝绸或棉布绷带，十尺长，两寸宽。拗折足弓，八字形地缠在脚上，在脚背和脚踝处打结。不要因为哭声而感到不安：入夜清风叹花苞，日出莲花朵朵开。

她快步穿过楼梯平台，走进他们的卧室，拿起电话。“嗨。”她说。

“嗨。”

这些吵架后的对话具有民族舞的特质，是一个复杂的进退体系，执行时需施以不同程度的优雅。按正确的顺序，完成正确的动作，最后他们就能回到他们偏离的那个点。“听着，”他说，“昨晚我不该说那些的，对不起。”

“当时我俩都累了，”她说，“安吉拉总是令我紧张。我不知道我为什么容她扰乱我的情绪。”

“安吉拉有让人心烦的招数，”他说，“这是她的特殊才能。”她明白他不是说真的，明白他喜欢安吉拉，甚至两人很可能曾睡过，但她也理解他说安吉拉坏话算是一种道歉。她躺倒在床上，闭上眼睛。

“我在想，”她说，“你昨晚说的话，关于贝基的体重？我会跟她谈谈。”

“千万不要，”他说，“我是脑子坏了。”

“不是的，”她说，“你没说错。”这么说主要是出于惯性，但现在她说出声后，她却想，也许他说得不一定对。

“我不希望她难过，”他说，“她是一个很棒的孩子。但你觉得怎么做最好，就怎么来吧。”

“减掉几磅体重对她不会有坏处。”她等着他再说点什么，但他却沉默了。她感觉到他在准备结束电话。“你回来吃晚饭吗？”她一边问，一边努力思考还能说些什么，一些能拖住他的话。

“恐怕不行。我得带客户去吃晚饭。”

“你带他们去哪里吃？”她说，但他已经在说“再见，再见”了，然后他挂断了电话。

她把听筒放回机座上，在床沿上坐了一会儿。这些电话通常都起到了一种膏药的功效，它们所含的实情远超过任何说出来的话。这一通电话有所不同。她认为，他匆忙说再见的方式，他轻易挂断电话离她而去的方式，显示了这种不同。她走到镜子前，整理头发。当她看到贝基站在门口时，她用手捂住了喉咙。“天哪，贝基！”她说，“你吓我一跳。”

“是我爸打电话来的吗？”

贾尼丝点点头。孩子在那儿站了多久了？她想知道。

贝基开始有节奏地踢门框，右脚踢五下，再左脚踢五下，她的脚被包在一团白色的枕套布里。“他回来吃晚饭吗？”

“不回来，他要见客户，”她指指女儿脚上的绷带，“把那玩意儿扯掉，去做你剩下的功课。”

贝基摇摇头。“不行。我刚把它们包上。”

贾尼丝走过去，拉了一下她女儿右脚上布头没包紧的一处。女儿尖叫着乱蹬，一脚踢在她妈的手腕上。她转身，以一种奇怪的姿势跌跌撞撞地朝她自己的卧室走去，胳膊在身体两侧展开，仿佛是在走钢丝。一根布条散开来，随着她的脚步拖在后面起起伏伏。

贾尼丝揉揉手腕。“够了，贝基，”她跟在她后面穿过楼梯平台说，“我明天要去学校。我要去见马修斯小姐。”

贝基走到她自己卧室的门口。“这正好，”她说，“因为马修斯小姐也想见你。”她从裙子口袋里掏出一张纸条，揉成一团，丢向她妈，纸团击中了她妈的胸口。然后她走进她的房间，重重地关上门，扭转钥匙把它锁住。

贾尼丝捡起纸团，将它展平。它是一张印有学校蓝色抬头的约见条，填写日期和时间的地方都空着。上面是一条手写留言，字迹大而潦草，字母 i 上的点写成小圈圈，叫她打电话安排约见。没有任何其他信息，没有提约见的性质，只有一个字迹同样潦草的签名：玛德琳·马修斯。纸条上的日期是两天前。贾尼丝开始猛敲她女儿的房门。“贝基，”她说，“马修斯小姐为什么要见我？”但没有得到回答。当她再度尝试时——“你在耍小孩脾气，贝基。我们得谈谈这事。”——贝基依然没有回答。但当贾尼丝下楼梯走到半路时，她却觉得自己听到女儿说了些什么，听上去很像是“泼妇”。

如果脚太大，或脚趾太肉，就在绷带中间塞上玻璃或陶瓷碎片。这会让肉腐烂，不久肉烂掉了，脚就会变得更小更顺眼。至少一周裹脚两次，假如家里有钱的话，就每天裹脚。很快，裂口和脚跟之间就会形成一道凹陷，黑暗且隐秘，犹如一扇玉门。

下楼后，她倒了一杯葡萄酒，在厨房的桌子边坐下。她想象菲利普在某家餐厅里吃着诱人的美食，嘴唇柔软润泽的女侍者们也是秀色可餐。她闭上眼睛，但女侍者们没有消失，反而进入了更为清晰的焦距之中，一排笑意盈盈外形养眼的年轻女侍者。随着影像变得鲜明，它开始变形，女人们的身影一个个叠在一起，直到她们融为一体，一个留着一头层次错落的红发的女人，对于一家餐厅而言，不协调地站在一块白板前。那是马修斯小姐。开开心心、完好无损的马修斯小姐，浑身洋溢着单一的年轻情绪：希望。

漫不经心的马修斯小姐，回顾好几个世纪，给她自己找了一些麻烦。尽管贾尼丝明白这不过是大脑要的小花招，但这依然让她心神不宁。

并没有另一个女人，除了六年前曼迪·威尔森的妈妈，至少没有什么举足轻重的女人；这点她能理智地肯定。可能有过偶然谨慎的出轨，证据是当他出差回来时暂时的疏离，他碰她时透出的拘束。但没有像六年前那样的事情，那时她害怕自己已经失去了他。当时，即使他在家、睡在她身边的那些夜晚，她都会在下半夜起来，在家里走来走去，东摸西摸，用手指划过墙壁和椅背，仿佛是在努力抓住任何正在溜走的东西。

还有一些夜晚，她会把东西搬到外面的花园里，那些挑出来准备白天销毁的东西：装饰品，餐盘，度假时带回来的一只贝壳。她会走到院子的尽头，菲利普听不到的地方，把它们砸向围墙。一个这样的夜晚，玻璃碎片散落在她的脚边，她回望花园，看到隔壁房子里的一盏灯亮起来，看到百叶窗被拉起来，哈丁太太的脸部轮廓出现在窗户边。

但她不知道怎么地忍下来了，她的忍耐力得到了回报。他醒悟过来，她知道他会的，当贝基的生日如期而至时，她在校门口走到曼迪·威尔森妈妈的跟前，递给她一张邀请卡。那个周五的下午，曼迪的妈妈来到他们家，她的女儿身穿一条蓝色派对裙子，害羞地站在她身边。她接过一杯接骨木花饮料，赞美了水晶杯子的切工。然后她、贾尼丝和其他妈妈一起叽叽喳喳地聊天，她们甚至还有点歇斯底里地大笑，小姑娘们则在楼梯上跑上跑下，或是围坐在地板上，互相编辫子。

> 黎明之前，去小脚娘的神像前祭拜。你必须在那儿留下枸杞子饭团和一双丝绸拖鞋，拖鞋的大小不能超过一只麻雀。

学校有三幢1970年代建成的两层楼房，外加一栋后来扩建用以容纳电脑房的玻璃和钢结构裙楼。学校入口处的上方，挂着钢字的拉丁文校徽：仁慈之母。一间空教室里，马修斯小姐坐在一张长方形的长桌边，一边批改作业，一边等她。她俯身批阅着一本抄写簿，头发遮住了她的脸庞。一个粉色的订书机和一盘五颜六色的回形针旁边，放着一包削得很整齐的彩色铅笔。“您一定是贝基的妈妈，”她站起来跟贾尼丝握手说，“贾尼丝，对吧？”

“是的。”贾尼丝说。她注意到马修斯小姐没有说她该怎么称呼她。

“请坐。”马修斯小姐朝桌子对面的一把椅子示意说，贾尼丝坐下来。

马修斯小姐坐回到她自己的椅子上，突然有点手忙脚乱。她把订书机往左挪了一寸，并把一沓纸摆摆齐。贾尼丝看着她用一根手指捋了一遍衬衫领口内部，调整了一下，尽管它已经很笔挺了，像上过浆一样。“那么，”马修斯小姐把双手放在身前的桌子上，说，“您是收到我的字条了。”

“我恰好也想跟你见面。”

“哦？”马修斯小姐的手又伸向她的领口了，但这次只是快速摸了一下。

“是的，是关于缠足的事情。我觉得这……”她稍作停顿以示强调，“不合适。”

马修斯小姐稍微朝一边斜了下脑袋。“这是我每年都跟我的姑娘们做的一件事。她们通常都觉得这很有意思。”

她的姑娘们？贾尼丝想道。这个女人有什么权利这么说？她自己也不过是一个小姑娘。而且每年？到底是多少年？三年？四年？

“这有点原始，不是吗？”贾尼丝说，“说真的。”

“嗯，实际上，”马修斯小姐说，“有趣的是，中国的一些边远地区直到1940年代还在缠足。但这不是年代问题，不是吗？我喜欢采用一个更广泛的社会学视角。”她拿起一支圆珠笔，用它敲着桌子，这很像贝基会做的事情，贾尼丝不得不克制自己想叫她住手的冲动。

“她们才十四岁。”贾尼丝说，“她们的脚还在长，这可能会伤到她们的骨头。”

马修斯小姐皱起眉头。“不好意思？”她说，“我没听懂……”

“我看到贝基把绷带缠得非常紧。这会阻断血液循环。”

马修斯小姐略微把椅子后移了一点，在她自己和贾尼丝之间增加了几分距离。“显然，”她说，“我们不是真去缠足。基本上，我们是讨论它，在 YouTube 上观看视频，诸如此类的事情。”

教室突然感觉燥热憋闷。贾尼丝想要开窗，但马修斯小姐正在说话。“或许，”她说道，“绕了一圈我们刚好可以说说，为什么我想要见您。您有没有注意到贝基最近显得心神不宁，比平时更沉默寡言？”

比平时？贝基沉默寡言吗？安静，肯定是的，但沉默寡言是不同的，不是吗？沉默寡言是另一码事。“她是十几岁的少女，”贾尼丝说，“‘沉默寡言’就像是出厂设置。”这话一说出口，她就讨厌死自己了。

“正如您所知，”马修斯小姐说，“贝基觉得学校里的社交很难。这一直是一个问题，但简而言之，现在问题变得越发显著了。别人嘲笑她的体重让情况变得更糟，但我在努力制止这点。”

“为什么我们到现在才听说这事？”贾尼丝说。

马修斯小姐惆怅地望着窗外，外面修剪整齐的绿色曲棍球场上，穿着黄色运动服的姑娘们像羊群一般雀跃着，尽管十一月的风寒冷刺骨。“我确实跟贝基的爸爸提过，”她说，“在家长会上。”她把手放在那包彩色铅笔上，仿佛那是一枚护身符。“我想，”她说，“你们家里好像也有点问题？”

“你说什么？”

“贝基提到家里有些冲突……”

等她回家跟贝基谈话时，贾尼丝想，几乎肯定会有冲突。她很想找到贝基的教室，揪着她的后颈，把她拽到外面，问她自以为在做什么，跟这个陌生人讨论他们的事情，他们的家务事。“我不知道你在说什么。”她说。

马修斯小姐张开嘴巴。这时有点年龄或许能救她，多一两岁可能大有不同，但她真的就跟贾尼丝想的那样，还是一个小姑娘，于是她说：“我是指您和贝基的父亲。”她的姿势稍微朝门的方向动了一下，她的身体先于她的头脑，准备要逃。

贾尼丝想要揪住她的头发，掌掴她。她知道马修斯小姐试图说什么，她也知道一定不能让她说出来。马修斯小姐又在说话了，她一定不能说出来的事情在她的舌尖上打转，正要从她迟疑的字句中冒出来。

房间的另一头，一张戈壁沙漠的海报下面，摆着一个废纸篓。贾尼丝及时走到废纸篓前，开始呕吐。她吐在一个空果汁盒和一团卷得像橘子皮的铅笔刨花上面，吐得一塌糊涂。吐完一轮，又吐了第二轮。然后她直起身子，用手擦擦嘴巴。她的眼眶湿了，她用袖子擦干，但更多的泪水涌上来，她意识到自己在哭。她走到教室的门口，回头扫了马修斯小姐一眼，后者看上去像遭受了攻击、十分震惊；比真的走过去掌掴她还要震惊，贾尼丝想。

一只脚，一旦缠好，就得永远缠着：极少有人能忍受骨头被唤醒的那种痛。仔细地护理它，但永远只在黑暗里护理它。绷带之下捕捉到的美丽，会消失在光线里。

她在一家咖啡馆坐了几个小时，直到店员们把椅子放在桌子上，开始拖她脚附近的地面。当她终于回到家后，她发现除了客厅里闪烁的电视机，门廊和楼下的房间都暗着。贝基躺在沙发上，裹着白色绷带的脚搁在一只懒人豆袋上。贾尼丝打开电灯。“贝基，”她说，“我们得谈谈。”

贝基眨眨眼，又揉揉眼睛。她含糊地说了句话，然后拿起遥控器，开始浏览电视频道。

贾尼丝站在她女儿和电视机之间。“今天我去见了马修斯小姐。”

贝基放下遥控器，让电视停在一个卡通台上。

“我和你的父亲非常幸福，贝基。你明白这点吗？”

贝基沉默地注视着她。

“假如你对此有所担心，或有任何担心，你先来跟我说，明白了吗？我不是责怪你什么，贝基，千万不要以为我在责怪你，但我们是一家人，我们是一个团队，我们需要互相信任。”

贝基戳着指甲的外缘，审视着自己的指甲。

贾尼丝叹了一口气。“好吧，”她说，“我要做晚饭了。然后我们一起坐下来，你要告诉我你跟马修斯小姐说了什么。”

“我不太记得了，”贝基说，“我们聊了很多。”

贾尼丝又感到恶心。“你一定得努力记起来，”她说，“这很重要。”她冲贝基的脚点点头，“我知道这不是作业，那么把这些绷带拆掉。”

贝基没有表现出任何听到的迹象。

“我说把它们拆掉，贝基。”

贝基慢吞吞地把一只脚举到沙发上，开始拆绷带，拆下来的绷带一圈圈地垂在地板上。绷带下面，她的脚显得很苍白，没有血色，受过惊吓一般。现在贾尼丝能看到她脚趾上的红印，那是她用橡皮筋固定的地方。贝基检查自己的脚趾和足弓。她的小脚趾有点发青，但随着血液循环的恢复，它的颜色开始变粉。她一度忘记了自己正在跟她妈吵架。“瞧，”她举起脚说，“它变小了。”

贾尼丝弯下腰，眯起眼睛看她女儿的脚。“它就是原来的大小。”

“不是的，”贝基说，“它小了。”她爬起来，单脚跳到她放在对面地上的一双帆布船鞋边。她把一只光脚塞进鞋子里扭来扭去。“看见没有？”她说，“鞋子松了。之前不松的。”她又单脚跳回来，扑通一声倒在沙发上。她伸手从地上捡起一根布条。

“你在干什么?”

“我要裹着脚过夜，看看第二天早上我的脚会是什么样。”

“你一定不能这么做。”

“你恨我,”贝基说,“你想要我像罗伯茨女士一样，长着一双又大又丑的小丑脚。”

贾尼丝从她女儿的手上扯过那根布条，把它撕成两截，接着又把两截撕成四截，把布条扔在地毯上。

“住手！你会毁掉它们！”贝基跳起来，有些不稳地光脚单脚跳着。她试图捡起布条，但贾尼丝踢了它们一脚，让它们散落在地上。“我恨你,”贝基尖叫道,“我希望你不是我妈。我希望我妈是这个世界上除你之外的任何人。”她一瘸一拐地走向楼梯，一只脚依然缠着绷带。她拉着楼梯扶手，跳上最开始的几级楼梯，在楼梯中间的平台上停下休息。

“立刻给我下来。”贾尼丝说。她开始跟在她女儿的身后上楼。

贝基摇摇头。外面的街上，路灯亮起来，柔和的光线洒在楼梯上，洒在放着水晶动物饰品的桌子上，那些水晶动物仿佛被火炬点燃了一般璀璨，闪烁着火焰的光辉。在那个瞬间，贝基也被点亮了，像旧时黑白电影里的明星一般美丽夺目，她的头发从发髻中散开来，脸上泛起红晕。但下一刻，她却又是小孩了，沮丧，困惑，因体内澎湃的生命力而焦躁。

贾尼丝这会儿已经走到她的身边。“好了，贝基，你这是在犯傻。”

贝基擦掉一滴眼泪。“是吗？”她说，“或许我是傻，但至少我他妈的不可悲。难怪爸爸恨你。”

她的手扇在贝基的脸颊上方，正好击中她的左眼下面。她犹如看慢动作一般，看着她的女儿朝后倒去，桌子被压塌在地上。小摆件们掉下来时撞在一起，裂的裂，碎的碎，水晶碎片像石笋一般嵌在地毯里。这一幕刚发生后，有那么一刻，周遭一片寂静；这种稍纵即逝的寂静，她在电视上听恐怖袭击和爆炸的幸存者描述过。贝基摇晃着站起来，用手撑着墙壁稳住自己。除了眼睛下面已经开始出血的那道红色伤口，她脸色苍白。

“哦，天哪，”贾尼丝轻轻地说，“哦，天哪。”她跌坐在打翻的桌子旁边，周围地上到处都是鸟兽摆件闪光的玻璃碴。她看看自己的手，它依然隐约透出用力扇耳光的感觉。她中指上的戒指是菲利普多年前送的礼物，她一直想去改尺寸。它像惯常一样转了一圈，戒面上的宝石，那排坚硬的钻石，转到了手指背面。

贝基用手去摸脸颊上的伤口。当她把手移开时，她似乎不明白为什么手指上会有血。她茫然地把桌子翻过来，将它摆回到窗下它原来的位置。然后她四肢着地跪下来，开始捡起地上的水晶摆件：那些没有摔坏的，那些碎掉的，许多断掉的腿，碎掉的身体。

“别去捡，”贾尼丝抽泣地说，“别管它们，没有必要。”她伸出手，用一根手指抹去她女儿脸上的血迹。“他一定会离开我。”她轻轻地说，“这事之后，他是永远也不会跟我在一起了。”

> 小小的鞋子，摇曳的步态，是多么美丽啊，这让她永远也不可能下地干活。现在就让她开始存嫁妆吧：她亲手制作的，带有鱼和莲花图案的绣花鞋。

前房东在花园的尽头种了一棵沙果树，被风吹落的果子摔烂在地上，果浆溅得到处都是，尽管她今年曾发誓要把沙果都收下来。她靠在树干上，倾听着围栏另一边潺潺的河水。她望着房子，看到贝基卧室里的灯亮着，窗帘紧闭。之后，楼下的灯亮起来，她看到菲利普在厨房里走动，她穿过花园，朝房子走去。

当她拉开露台的移门时，她发现自己惊到他了。他依然穿着外套，正从冰箱里拿一罐啤酒。他转过身，她隔着厨房审视着他的脸庞，试图揣测他知道多少。“你吓到我了，”他说，“我没意识到你在家。贝基在哪里？”

见她没有说话，他走过来，用一只胳膊搂住她的肩膀。“你还在生我的气，对吗？”他说，“我以为我们没事了。”他亲亲她的额头。

“菲利普……”她开口说道，但头顶上有一扇门打开了，她听到下楼的脚步声。她从丈夫身边走开，走去站在房间的另一头。贝基的头发编成了一根长辫子，垂在背上，她看上去不再像十四岁，而像是一个十一二岁的小孩。她洗了脸，脸颊上贴着一块胶布，一块正方形的胶布，它不但盖住了伤口，还盖住了伤口周围的一大片皮肤。她拆掉了所有的绷带，脚上套着一双粉色的拖鞋。

“嗨，公主，”菲利普说，“你的脸怎么了？”他放下啤酒，走向她。“学校里发生了什么事吗？如果学校里发生了什么事，你得告诉我们。贾尼丝，你看到这个了吗？”

他触摸她的脸颊时，贝基咧了一下嘴。“我打曲棍球时摔在围栏上了，”她说，“只是一道擦伤。”

“让我看看。”他说，但她后退了一步。

“真的没事，”她说，“妈妈已经看过了。她在上面抹了点消毒药膏。”

他朝天摊摊手，以示放弃。“好吧，”他说，“我猜你俩都搞定了。”他拿起啤酒，朝外面的客厅走去。

后来，菲利普看电视时，贾尼丝悄悄地走上楼梯。走到楼梯中间的平台时，她看到水晶动物们已经被重新排好了，摔坏的部位都被粘回到一起，虽然粘得粗糙，但都粘好了，每一个摆件都物归原位。她在贝基的卧室外停下，倾听里面的动静。除了一个像是翻书的轻柔纸张声，里面没有其他声响。她试着去转门把手，但门锁着，接着连纸张声都停止了，周围是如此安静，以至于她能透过墙壁听到隔壁的哈丁太太在家里走来走去。她想要隔着房门喊贝基，却不知道该说什么，她也担心菲利普会听到。几分钟后，她回到楼下。

外面开始下雨，起初淅淅沥沥的小雨很快就变成了倾盆大雨，拍打着露台的玻璃门。她坐在厨房的桌子边，凝视着外面黑漆漆的花园，看着雨水从两扇门中间的接缝中渗进来，在厨房的地上积起了一摊水。她看着这摊水越变越大，却懒得像往常一样去拿拖把和水桶。每次下雨都会这样，门最初安装时就没弄好。她一直想请人来修理或换掉它们，但快到圣诞节时是找不到技工的。等到来年一月份，等一切都平静下来时，她会来处理这件事的。

男人极少会去碰裹好的小脚。既然如此，那么就让她在极小的鞋子里缝一个小袋子吧：那里会藏着她最不可告人的秘密。

我所对抗的，我并不憎恨 *

雷纳拉[1]，一个夏日的周六，人行道两边散布着盛开的鲜花，空气里飘扬着割草机有节奏的嗡嗡声。凯文站在米勒家客厅的窗户边，凝视着正在前院摆姿势拍照的十几个小女孩。他自己的女儿也在其中，她的金色鬈发被拉直编成辫子别在脑袋上，所以起初他几乎没有在那么多编着辫子的脑袋中认出她。米勒家住在教堂附近的一栋维多利亚式的红砖房里，菲奥娜·米勒坚持要办这个派对。一点也不费事，她跟任何试图打退堂鼓的人说。这能让孩子们开心一下，她和鲍勃很高兴能主办这个派对，正如他们明白不是每个人都像他们自己那么幸运。女孩子们叫着笑着，甜食和夏日的热度让她们兴奋，然后她们意识到自己得注意仪态，便停下来撸平她们的白裙子，举起小手细心地整理面纱和头饰。“她们很可爱，不是吗？”凯文转向饮料台后面的女子说。女人皱起眉头。她不是派对餐饮的承办人员，而是菲奥娜的朋友，甚至可能是姐妹，那她肯定是讨厌他的人之一。“雨没有下下来，真是太好了。”他说，因为她几乎没办法对此有异议，但她开始把瓶子在桌上挪来挪去，充满敌意地捏着瓶颈把它们拿起来，再把它们换个地方放下，仿佛这些瓶子是棋子一般。

阳光透过细条百叶窗斜斜地射进来，让壁炉架上光亮的卡片变得越发闪耀，也把鲍勃·米勒最喜欢的模型飞机的机枪照得锃亮——那是一架索普维斯“骆驼”战斗机——它被放在门边的一个展示架上。鲍勃的曾祖父参加过伦敦爱尔兰步枪团，在弗莱尔-库尔瑟莱特战役②中失去了一条胳膊。他的制服和别着竖琴和皇冠勋章的帽子被陈列在米勒家前厅尽头的一个玻璃柜里。柜子里还放着属于其他死去男人的东西：鲍勃从网上买来的子弹、臂章和信件。鲍勃喜欢开玩笑说他前世是一个军人，虽然现世他是一家保险公司的高级精算师。凯文再度转身看窗户。他的老婆也在花园里，此时他看到她正在跟他的前老板说话。之前，他跟这个男人在走廊里简短地互相问候过。他问凯文是否找到了工作——为什么每个人都觉得必须问一句呢——问完，便得体地与凯文保持距离。凯文看着这个男人安慰地把一只手搭在他老婆的胳膊上，她则用手帕轻拭着眼睛。他需要喝一杯。他本希望饮料台后的女人会去花

---

* 原句出自爱尔兰诗人威廉·巴特勒·叶芝的诗《爱尔兰飞行员预见他的死亡》，这位在“一战”中阵亡的飞行员为叶芝密友的独子。“我所对抗的，我并不憎恨”下句为“我所守卫的，我并不爱”。

① 雷纳拉是都柏林南面的一片住宅区。

② 弗莱尔-库尔瑟莱特战役发生在 1916 年 9 月 15 日至 22 日，是“一战”中索姆河战役的一部分。

园里加入其他人，但她双臂交叉在胸前，依然驻守着她的岗位。离开房间往外走时，他用一根手指碰了一下小飞机模型的螺旋桨，叶片转动发出一阵木头和金属交杂在一起的声响。

为了应对这个派对上可能碰到的各种情况，他带了一瓶两百毫升的伏特加，就藏在他夹克的口袋里。但他一到这里，就被米勒家的大女儿伊法拿走了外套。“没关系的，”他说，“我可以穿着它，天气有点凉。”但已是五月末了，天气暖和，空气中弥漫着花粉，一阵阵毛茸茸的白色蒲公英柔絮在大街上飘扬。伊法——非常生气自己被安排负责衣帽寄存的任务——断然把夹克从他身上剥了下来，现在他感觉失去的那瓶酒就像一条幻肢。他走向厨房时，前门被推开，小女孩们冲进来，她们中的一个胳膊下夹着一把阳伞，犹如一把刺刀。她们白色的凉鞋咔嗒咔嗒地踩在地砖上，像一队小新娘经过他的身边，他连忙身体贴墙以免撞上她们。一块面纱拂过他的胳膊，薄纱摩擦皮肤的粗糙感令人吃惊。女孩们在米勒家前厅尽头展示制服的玻璃柜前左转进入琴房，又从那儿跑到外面的花园里，她们绕着房子追逐嬉戏，叫喊声此起彼伏，一如多普勒效应。

菲奥娜·米勒正在厨房里榨橙汁。她留着深色的头发，皮肤晒成小麦色，比他大几岁。“你不该来的。”她说。她在操作一台电动榨汁机，把饱满的橙子从一头送进去，橙汁慢慢地滴在另一头的壶里。

“你邀请了我。”

“我不得不邀请你。但你不该来的。天知道你是怎么想的，凯文。”

她总是让他感觉渺小；渺小、老土、缺乏礼仪。我们干过那么多次，都不算吗，他想说，那时候怎么不讲礼仪了？但他说出口的却是：“鲍勃知道吗？”他很清楚鲍勃不知道。

“不要让我难堪，凯文，”她说，“因为你让我难堪的话，我警告你，你会后悔的。”她又拿起两只橙子，丢进榨汁机里。她穿着一条低胸的黑色连衣裙，他忍不住想她的胸就像两只小橙子，贴在衣料上的乳头就像两颗小硬籽。他记得它们在他手里的感觉，当他的视线移回到她的脸上时，他发现她正盯着他看，看他注视着她，他别过头，去看外面的前厅，他老婆正在那里跟其他妈妈中的一个聊天。她拿着几把阳伞，没有一把是他们的女儿的；包揽置装费用的丈母娘觉得阳伞很俗气。他老婆朝他的方向扫了一眼。跟一个人在一起很久之后的好处之一是，哪怕隔着一段距离，他也能立刻感知到她在生气。

榨汁机戛然而止。“我没有橙子了。”菲奥娜说。

“我去买一些。”他说，这是一个机会，因为这片街区有一家卖酒的店。

“伊法会去买。她可以骑车去。不会占用她多少时间。”

菲奥娜拍拍厨房的窗户。伊法正坐在后院的秋千上打电话。她抬起头，冲她妈做了一个鬼脸，人却没有动。她妈又拍拍窗户。伊法态度傲慢、慢腾腾地滑下秋千，开始朝房子走来。

“她现在多大了？”他说，“十六岁？”

“下个月就满十八了。这意味着我们又得把这摊事从头到尾再搞一遍。”

“好吧，我不会来，”他说，“你就不用担心了。”

“我没在担心，”她说，“不会请你的。”

伊法从花园里走进来，猛地摔上后门。她抓过她妈递给她的十欧。“橙子，”菲奥娜说，“买两兜，确定它们熟透了。”伊法翻个白眼，走了。

前厅传来一阵沉缓的脚步声和一声令人讨厌的、带着气喘的叹息。鲍勃·米勒几乎不可能偷袭任何人。“要啤酒吗，凯文？”他打开冰箱说，不等凯文回答，又问，“我是指可乐。”

“不用，谢谢。”

鲍勃为他自己开了一个易拉罐。“好久不见，”他说，“今天早上我还在跟菲奥娜说，我们上次见凯文是什么时候，我们都不记得了，不是吗，菲奥娜？”

菲奥娜啪地把一块湿抹布摔在厨房的台面上——凯文觉得这很突然。现在她一边在水池边拧干抹布，一边动静很大地往水池中冲水。

“那么，”鲍勃说，“你最近怎么样？”

“没怎么样。”

“找到工作了吗？”

“还没。”

“你试过FÁS[①]了吗？”

一个膝盖擦破了皮的小孩哭着走进厨房。她身后跟着另外四个小孩，围成一圈看着菲奥娜给她抹药膏并贴上一块胶布——凯文注意到，菲奥娜的动作不是很轻柔。孩子们刚被打发到外面，伊法就回来了，脸颊因骑车而红红的，头发里还插着几撮蒲公英飘絮。她把一个塑料袋甩在厨房的中岛上。“这是橘子。”菲奥娜看看袋子里面说，但伊法已经冲到外面的花园里，重新坐在秋千上面了。鲍勃眨眨眼睛。“很欢乐，是吧，凯文？”他说，接着重重地坐在角落里的一把椅子上。菲奥娜把橙子，或是橘子，拿到水池边，开始用一把钢丝刷擦洗它们，仿佛它们在一家核废料处理厂的地上滚过一般。她把它们堆在一只碗里，开始一只接一只地丢进榨汁机，果汁又开始慢慢地滴下来了。

“不好意思，”凯文假装检查他的手机说，“我得接个电话。”一到走廊里，他就走到客厅门口，朝里望去。饮料台后的女人还在岗位上没有走。她正忙着；餐饮承办人员已经摆好色拉和冷盘肉，大家已经从花园里进来了。他想了

① FÁS是爱尔兰语“An Foras Áiseanna Saothair”的缩写，指的是爱尔兰的“培训和就业管理局”。

想伊法可能把他的夹克放在哪里。他来过这里很多次，大部分都是他不该来的时候。

在楼梯中间的平台上，他停下来审视挂在墙上的照片。他以前没有注意到它们，但以前，当时菲奥娜在他之前上楼，他脑子里想的全是她屁股的曲线。它们不是普通的海景或生日照片，而是黑白的战争照片。双翼飞机从烧焦的跑道上起飞，飞进浓烟滚滚犹如地狱的黑色天空中。头戴布洛迪钢盔的士兵，眼神空洞地俯卧在泥地里。他是多么嫉妒鲍勃啊。他不是嫉妒他的照片，那些已经让人有点作呕的毛骨悚然的玩意儿。他也不是嫉妒他的老婆、他的房子，或他的工作，尽管他一度嫉妒所有这些东西。不，他最嫉妒的是鲍勃·米勒对于想象力的需求，这种需求就算得不到满足也保留了下来，它让鲍勃把战争变为爱好，满足地凝视着别人的惨状，庆幸那没有发生在他身上，肯定那永远都不会发生在他身上。幸运、幸运的鲍勃，对痛苦知之甚少，以至于他必须在易趣网上订购整齐包装好的关于痛苦的照片，把它们装在漆好的相框里，挂在他的墙上。

客房里，许多外套的空袖子缠在一起，被堆在床上。几件外套滑落到地毯上。他先去翻找床上的外套，把它们拎起来，放到一边，翻到一半时，他找到了自己的夹克。他拎起它时，它很轻的分量让他还没思考便像动物一般本能地意识到不对劲。酒瓶不见了。他在床上剩余的外套下面搜寻，接着开始在地上的外套中翻找。

“没事吧，凯文?”

他手里拿着一件绿色的女式西装，转身看到鲍勃站在门口。“没事，鲍勃，”他说，“我只是在找我的车钥匙。”

“你没想着要开车吧，凯文?”

“我需要从车里拿样东西，”他内心慌乱地给出一个似乎合理的借口，“一个吸入器。给我女儿用的。”

“那么，”鲍勃说，“我们最好找到钥匙。”他弯下腰从地上捡起一件藏青色的男式大衣。

凯文突然担心鲍勃找到酒瓶。“谢谢，鲍勃，”他说，“但我已经找到它们了。”他拍拍牛仔裤的口袋。“它们在帷幔下面。”

鲍勃直起身子。看起来有点困惑。“好吧。”他说。

凯文意识到自己依然拿着那件女式西装，赶紧把它扔到床上。他俩默不作声尴尬地站了一会儿，面面相觑，尖叫嬉笑声从敞开的窗户传进来，小女孩们正在米勒家的车道上玩捉人游戏。

“我想我们可以回楼下去了。”鲍勃说。

“嗯，好的。”

“走吧。”

鲍勃示意凯文在他前面走出房间，等两人都走到了房间外时，他关上门，从口袋里拿出一样东西。接着响起了听着极其难受的钥匙在门锁里转动的声音。两个男人一起走下楼梯，小心地避免眼神接触，没人说话。当他们走到楼梯底部时，凯文没有停步，而是继续往前走，穿过前厅，走出前门，走过铺着石子的车道，走到他老婆停在路沿边的车子旁。他靠在花园的围栏上，盯着车子看。他没有钥匙，钥匙在他老婆那里；这些日子，她一直小心地贴身保管着。他感觉到有人在注视他，他知道自己转身会看到鲍勃，但他没有转身。让他看吧，他想，因为街上很平静，空气清甜，唯一的动静来自前方一条狂叫的小狗。在远处，越过这片生活区，越过这个城市，他能看到田野和山丘，无人居住、尚未被破坏的大片绿色。

他重新回到室内时，大家正在阳光房里切蛋糕，一个三层的大蛋糕，顶上装饰着一群穿着连衣裙的小女孩人偶，她们身上和裙子上都盖满了糖霜。女孩们围坐在一张搁板桌边，身上都套着防止衣服弄脏的塑料罩衫。他的老婆坐在桌子的一头，正在分发切成一块块的蛋糕和塑料餐具，但他没有进去。他转而走向客厅，在那里，怀着一种喜悦降临前的兴奋情绪，他发现饮料台此时无人驻守。上面是一片空瓶子构成的废墟，葡萄酒，飘仙一号，普罗塞克，但在这些残骸中间有一瓶几乎没被动过的伏特加。

他在厨房里倒了一杯橙汁。透过窗户，他看到伊法坐在秋千上，两条大长腿荡来荡去，白色匡威的鞋尖划过地上的灰尘。她一点也不像她的父亲；鲍勃的基因输掉了这场战斗。她身材苗条，皮肤黑黑的，很漂亮，他想象菲奥娜在她的年纪一定就是这个模样。他盯着她看了一会儿，接着又倒了第二杯橙汁，他拿起那瓶伏特加和两杯橙汁，走到外面的花园里。她的脸上绽出一抹冷笑，但她看到酒瓶时就开心了许多。天气到目前为止都还不错，但天上纹丝不动的云朵让人感觉不妙，仿佛它们停止移动，随时可能掉到地上。伊法跳下秋千。“这边走，”她指出树篱中的一道缺口说，“他们不喜欢我喝酒。”

“他们也不喜欢我喝酒。”他说。

她笑的时候，就跟她妈一样，粗野中带着一点轻蔑，当她在树篱后坐在他身边时，她的腿也跟她妈的一样，纤细的骨骼，晒黑的皮肤，修修长长。他倒伏特加时，她咯咯地笑起来，当她扭头冲他笑时，他注意到她的眼神有点迷离。他们坐在一片长得很高的青草和野草上，这是一条狭窄的无人区，位于一些房子的背面和一块围起来的公共绿地之间。大滨菊和罂粟花疯长得极其茂盛，地上都是它们撒下的花瓣和种子。随着她凑近他，他能感受到她挺翘的屁股，她的长发拂过他的胳膊，他能闻到一股香草味，里面还夹杂着另一种味道，一种年轻女孩的气息，就像苹果或莓子。他喝了几口伏特加，抬头望着天空。云朵似乎变得更灰更暗，也不再静止了，而是不规律地移动着，在空中隆起。仿佛它们后面有一大团翻腾汹涌、想要突围而出的东西正在把它们往前推，于是云朵不像云，而是像烟雾一般膨胀起来。他注视着它们，看到云团后不时突然闪出一道道的银光。它们可能是聚齐起来的最后一波阳光，这让他想起光线把鲍勃·米勒的索普维斯“骆驼”战斗机模型上的机枪照得锃亮。当他抬起一只手触摸她的脸颊时，远处传来一阵响声，他知道自己听到的不是割草机的嗡嗡声，而是低空飞行飞机的低鸣。

关于爱丽丝的一切

八月总是有很多垂死的绿头苍蝇。它们聚集在窗格上，犹如一块蓝绿色的丝绒，薄纱般的翅膀拍打着窗玻璃。它们懒洋洋地停在窗沿上，乌压压的一片。爱丽丝慵懒地陷在厨房的一只扶手椅里，注视着她父亲的奇怪芭蕾。他的裤脚管高高卷起，露出脚踝，每次踉跄地抬腿跨出一步，裤脚管就会往下掉一点。他追着苍蝇乱拍，手中的报纸在半空中疯狂地扇来扇去。

“蠢货，”他大喊，“贱人。”

发狂的绿头苍蝇像喷火战斗机一般打圈飞舞。它们在灯罩上跳来跳去，在摆着爱丽丝的爱尔兰舞蹈奖牌的柜子周围嗡嗡地飞。一只乌黑发亮的苍蝇停在电视机上休息。啪！一只苍蝇掉到地上。爱丽丝凝视着窗外，因为厨房里充斥着苍蝇被拍死在油地毡上的声音。

外面的院子里，周日卫生间扩建工程停工，没人在镀锌钢板屋顶上干活，也没有货车摇晃经过的动静，屋脊上倒是积起了一些早早落下的树叶。一只被人丢掉的塑料袋在大门内的灌木丛中飘扬。爱丽丝的父亲跌坐在他的椅子上，面色潮红，洋洋得意。他拂去报纸体育版封面上一只半透明的苍蝇翅膀，开始翻看。

“还要茶吗？”爱丽丝都没试图伸手去拿茶壶。她的父亲从来不加茶。他身边的桌子上摆着他五颜六色的药片。爱丽丝瞥了一眼钟。十点半。她的父亲要坐四点的巴士去西科克[①]跟他的亲戚奥丽芙一起度假一周。他的行李箱已经在前厅里摆了三天了。爱丽丝也在算着时间，倒数日子，想到即将独自一人待在家里，让她很开心。她今年四十五岁。

周一早上，她在天花板上挂起了粘苍蝇的诱纸，这是父亲出门后，她的第一个为所欲为的行为。她的父亲讨厌苍蝇纸。很快在爱丽丝喝茶时，就有一只苍蝇粘在她脑袋上方螺旋打转的苍蝇纸上死掉了。吃完早饭，她把盘子放在水池里，浸在一只平底锅漂着浮渣的脏水里。水池上方的架子上摆着一张照片，照片上神情苛刻的女人六十多岁将近七十岁的样子，头发全部往后梳，紧紧地盘成一个发髻。她的眼睛，跟爱丽丝的一样，灰中带点绿。一个男人曾对爱丽丝说她的眼睛是海上暴风雨的颜色，但照片上那双直视前方的眼睛却是沉郁消极的。可怜的妈咪。

爱丽丝拿了一杯茶走到外面的会客室里。她审视着自

---

① 西科克是爱尔兰科克郡的一片地区，是传统的旅游胜地，以景色粗犷的半岛和各种海滩而闻名。

己在镜子里的形象。不在家的日子在她脸上留下了皱纹和阴影，它们每年都在加深。她坐在沙发上，灰尘和阳光让沙发的花朵图案有点褪色，她思考着自己要做什么。她有整整一个星期的时间：自由犹如狂野的西部，任由爱丽丝肆意驰骋。她回忆起一段往事，很多年前的一个早上：巴塞罗那，阳光透过白色窗帘的缝隙斜斜地照进来，黄色玛德琳蛋糕的碎屑撒在她的早餐盘子上。然后是城市，硕大瑰丽，在她的眼前闪烁。

爱丽丝感觉胃里涌起一股希冀，感觉它和茶水一起轻柔地晃动。她想要像飞离露天游乐场的气球一般离开她的生活。从生活汗津津的手里溜走，飘浮而去。她看看手表。想象她的父亲正跟奥丽芙一起踩着深色的海草泡沫，听着泡沫裂开的声音，走在海滩上。时间正一分一秒地过去。她走到窗边，看着外面大街上散布的灰色楼房，再度思考着自己今天该做什么，直到她终于有了主意。她要做一炉女王蛋糕，然后带着它们去玛丽安家。

“生活并非全是浪漫，你懂的，爱丽丝。你在想，这里是玛丽安和她十全十美的房子，她十全十美的老公，门外停着一辆簇新的菲亚特。好了，我跟你直说吧，爱丽丝，既然你问了：生活并非都是月光和玫瑰。”

爱丽丝确定自己并没有问。之前玛丽安开门时，怀里抱着一个新出生的婴儿，脚边跟着另一个刚会走路的小娃。

现在她脚踩一块茶巾，在厨房里走来走去，用脚擦拭地砖上的婴儿呕吐物，犹如在跳一曲慢步华尔兹。她每次转身，就会有更多的婴儿呕吐物滴在她的肩膀上。

透过通往花园的玻璃门，爱丽丝能看到阳光在烧烤台银色罩子的反射下舞动，把油漆过的橡木露台照得暖洋洋的。阳光突显出露台家具有品位的奶褐色，流连在赤陶花盆里绽放的夏末花朵中间。自从玛丽安嫁给尤金后，她的生活主题就是“烧烤”“晚饭”和不锈钢露台取暖器。爱丽丝抚平她新买的闪片上衣，等着玛丽安夸它美。但今天玛丽安忽略了暗示，忘说了她本该说的话。孩子们的各种需求，让她比平时更加心事重重。

“是不是乖宝宝呀？是的呀！”玛丽安俯身把婴儿放在沙发上，给他换尿布。“脚指头，啃啃脚指头。”她一边说，一边用嘴唇含住婴儿的粉色脚丫，假装要吃它。婴儿开心地扭来扭去，发出咯咯声，玛丽安轻轻地啜啜他的脚趾，也对他笑。爱丽丝烧了一壶开水，在橱柜里找了一个干净的盘子放女王蛋糕。她开始把它们整齐地摆成一圈。

“你把茶包放在哪里了？”

玛丽安把婴儿的脚丫从嘴里拿出来，茫然地四处看看。仿佛她完全忘记了爱丽丝的存在。“尤金不许家里有它们，”她说，“它们致癌。”

“茶包？”

“是的，就连有机茶包也不许。你能相信吗？”

玛丽安把扭来扭去的婴儿仰面放在游戏围栏里，然后从地上抱起小孩，把他放在婴儿身边。她泡了一壶散叶茶，在爱丽丝对面坐下。

“谢谢你的小蛋糕。”这些日子，玛丽安总是说小蛋糕。玛丽安嫁给尤金后，就再也不把它们叫做女王蛋糕了。

“爸爸这周不在家。”

“我听说了。”

“我想我不如做点什么。”

玛丽安拿起一盒牛奶，往自己的茶里倒了一些。“比如?”

爱丽丝耸耸肩。“我不知道。认识个什么人。”

玛丽安叹了一口气，用手指粘起蛋糕的碎屑，放进嘴里。“你是指男人?”

爱丽丝点点头。

“麻烦的是，爱丽丝，这里周围的男人都认识你。”

“我想我可能会去一趟都柏林。”爱丽丝说。

玛丽安摇摇头。“太危险了。”

“速配约会?”

“太多浪费你时间的人。”

爱丽丝感觉早晨的希望开始在她的胃里凝固。她再度努力解释自己的计划。“我可以去夜店玩。”

“你自己一个人?”

玛丽安说话时嘴里塞满了蛋糕。“现今女孩子被期待做很多事的,”她意味深长地看了爱丽丝一眼,“你从来都没听说过的那些事。”

玛丽安,说起话来仿佛她是这小城里唯一一个跟男人睡过觉的女人一样,爱丽丝想。她说起话来,仿佛她知道关于爱丽丝的一切。爱丽丝想要告诉玛丽安,昨晚她在市政厅后面跟一个非常棒的工程师做爱来着,他是从外国来的,浑身上下布满了文身。当然,她并没有做这事。昨晚爱丽丝在一把扶手椅里睡着了,下半夜醒来时又冷又不舒服,身边的桌子上放着一杯泡了很久的冷茶。事实是,爱丽丝四年没有跟男人睡过觉了。玛丽安,则跟这座小城里的其他人一样,确实知道关于爱丽丝的一切。

爱丽丝的茶杯见底了。她害怕看杯子里面,以防杯底的树叶花纹里显现出什么图案。她害怕自己可能有这种天赋。可怜的妈咪有这种天赋,这没给她带来什么好处。她转而看着桌子对面的玛丽安,看着她眼睛下面的黑眼圈,油腻腻的头发,开襟毛衣上的婴儿呕吐物。她突然清楚地看到了她朋友的生活是一片荒凉孤寂的废墟,就像她能清楚地看到她自己的日子也是一样。她感觉到日光渐退,感觉到傍晚和厨房慢慢逼近她。

一整天从她身边溜走了。“尤金有朋友吗?”提到尤金,这个毫无特色的乏味男人,让爱丽丝觉得有一坨女王蛋糕卡在了她的喉咙口。这时孩子们哭起来,玛丽安回到游戏围栏边,抱起闹腾的小婴儿。刚会走路的小孩噎住了,玛丽安弯腰从他嘴里抠出一只塑料奶牛玩具。当她再度直起身子时，她说：“足球队里有几个新人。他们明天晚上过来搞烧烤。你可以过来玩一会儿，看看情况。”

她再度在爱丽丝对面坐下，把婴儿抱在膝盖上。她把依然沾着小孩口水的塑料奶牛放在她俩之间的桌上。“这些小伙子是从利莫瑞克来的。”她说。她把目光从婴儿毛茸茸的脑袋上移开了一会儿，注视着爱丽丝。“他们在这儿一个人都不认识。”接着她别过头，透过玻璃门，望着外面的花园，一阵微风正把赤陶花盆里的花朵吹得摇来摇去。“我要说的就是，”她说，“你要把握住机会。不需要去告诉他们你的年龄。不需要去告诉他们任何事情。”

不算小孩，玛丽安的派对上有六个人。玛丽安和尤金在露台上，为没有烤熟的香肠吵来吵去。足球队的这些年轻男人里，有一个带来了女朋友，她瘦得像惠比特犬，大约十八岁，嘴唇上穿着一个环。爱丽丝跟一个名叫贾拉斯的男人一起坐在露台的桌子边，看着一只黄蜂淹死在一个果酱瓶里。贾拉斯二十多岁，最多三十岁。他的发际线已经早早地从太阳穴那里开始后退。他没有负担，至少没有任何爱丽丝能想到的负担。正如可怜的妈咪会说的那样，他几乎不可能会太着急。他不是世上最帅的男人，也不是最会讲话的那种。但他肩宽，个高，而且爱丽丝喜欢他跟她讲话时脸红的样子。

“那么，”贾拉斯说，“玛丽安告诉我你以前是一名教爱尔兰舞蹈的老师。”

玛丽安一点也没脑子，爱丽丝想。这话似乎无伤大雅，但过去的经验让爱丽丝明白，只需一些原音和辅音，这句话就能很快演变成她为什么不再是一名舞蹈老师了。爱丽丝明白并没有一道闩着的门阻挡人们探求她的过去。过去是一道敞开的门，最好的办法是在走廊上加快脚步，走过那道门。她叹了一口气，拖着椅子凑近贾拉斯，这样他们的大腿就能互相擦到。“不聊我了。”她说。

这天下午的早些时候，爱丽丝的父亲从西科克打来电话，提醒爱丽丝把垃圾桶拿出去，提醒她去就业中心，虽然至今爱丽丝已经去就业中心好几年了。这晚结束时，贾拉斯没有问她要电话号码，但爱丽丝还是把它写在一张餐巾纸上，递给了他。

接下来的两天里，爱丽丝坐在厨房里，喝茶，等待。苍蝇纸上积累起了更多的苍蝇尸体。她用一块抹布擦拭她母亲的照片。可怜的妈咪。爱丽丝不在家的日子里，她的身体状况急速恶化，每个人都这么说。爱丽丝回来时，她形容枯槁。肺炎，死亡证明上写着。或许还不如直接写“爱丽丝”。

周四下午，电话响了。是爱丽丝的父亲打来电话，要她去肉店为周日预定一块猪背肉培根，不要太大，也不要太肥。依然没有贾拉斯的消息。周四晚上，爱丽丝抹上腮红、唇膏，穿着最低胸的亮片上衣，等在足球场外面。贾拉斯看到她时，呆住了。在折磨人的那个瞬间，他似乎要继续往前走，但实际上却朝她走来，默默地站在她的面前，爱丽丝完成了剩下的事。

在贾拉斯昏暗的卧室里，爱丽丝仰面躺着。她看见天花板上有一块阿米巴虫形状的污渍，衣柜上有一个橙色的雪糕筒。楼下，跟贾拉斯同住一个房子的两个男人把音乐放得更响了。贾拉斯躺在她的旁边，牛仔裤依然套在脚踝上。楼下的音乐停了，一度周遭一片安静，唯有外面街上一辆汽车驶过的声音。爱丽丝按捺不住一股想要说话的致命冲动。

“我离开过一阶段。”

贾拉斯在她身上往下游走的手指停住了，抬起来静止在她的肚脐眼上方。“度假?”

爱丽丝转身侧躺着面对他。“贾拉斯，”她说，“你有没有做过什么真正后悔的事情?”

贾拉斯耸耸肩，没说话。

“曾经，”爱丽丝说，“当我还是一名舞蹈老师时，我爱上了一个学生的父亲。他住在河对岸那些大房子中的一栋里。他的老婆依然住在那里。”

夏末闷闷的动静透过窗帘传进来：小狗的尖叫，草坪修剪器的嗡嗡声，青少年做爱时刺耳的叫床声。

“我以为那是爱。”爱丽丝说。她大笑起来，但笑声在卧室四壁上的回响让气氛显得越发尴尬。“他曾带我去巴塞罗那度过一个周末，”她用一只手肘支起身子，“你去过巴塞罗那吗？”

贾拉斯摇摇头。他几乎已经不知不觉地躲到床上远离她的地方，并开始穿裤子。

“你应该去看看，”爱丽丝说，“它很美。”她看着贾拉斯费劲地套上牛仔裤，笨手笨脚地拉着拉链。先前，做爱时，她的活力令他吃惊。玛丽安看到的话，也会佩服她。“当他试图结束关系时，”爱丽丝说，“我惊慌失措。我跟他说我会告诉他的老婆。”

天色渐晚，房间快变黑了。贾拉斯坐在床上，系上靴子的鞋带。从爱丽丝嘴里冒出来的每一个字似乎都在进一步吞噬所剩无几的光线，但她忍不住。

“当然我是永远也不会告诉他老婆的，”她的目光跟随着贾拉斯，看着他从地上捡起衬衫，“但他以为我会说。他给了我一万块封口费。”

贾拉斯停下扣衬衫纽扣的动作，“一万块？”

爱丽丝点点头。“我带我妈去伦敦看望了她的哥哥，换了一辆车，还给厨房买了新的油地毡。然后我又问他要钱。”

“他给了吗？”

“他一直给钱给了两年，然后他去了警局。”

贾拉斯站在床脚边。他身后的墙上贴着一张电台司令乐队的海报，四角破破烂烂的，人脸都被乱涂乱画掉了。爱丽丝注意到置身于这个卧室里，脸颊泛红、头发汗津津的他看上去比在烧烤派对上要年轻许多。

“那么发生什么了？”

“我去蹲了监狱，”爱丽丝说，“各种报纸上到处都是关于案子的报道。可怜的妈咪非常受不了；可怜的妈咪以为我还是处女。”

贾拉斯的脚在地毯上动来动去，他移开视线。爱丽丝为他感到难过。

“他还是离开了他的老婆，”她说，“我去蹲监狱的第一个夏天，他就跟一个从葡萄牙来的，在宾馆工作的女人一起消失了。”

“他们去哪里了？”

爱丽丝耸耸肩。“某个很遥远的地方。”

贾拉斯走到床的另一边，停下来抱抱她。那是一个安全、同情的拥抱，是那种她的亲戚奥丽芙周日早上送爱丽丝的父亲坐上回程的巴士时会给他的拥抱。他摸摸她光着的肩膀。“照顾好你自己。”他说。

爱丽丝看着贾拉斯套上夹克，准备离开他自己的住所。她明白她说太多了，明白玛丽安会翻着白眼大为光火，但现在已经不可能停下了。她抓着被单遮住胸口，从床上坐起来。“我四十五岁。”她说。

她父亲的行李箱重新出现在门厅里，等东西拿出来后，它会在楼梯下面放一年，也可能一放就是好几年。爱丽丝已经取下了所有的苍蝇纸。“喝茶吗，爸爸？”她给父亲倒了一杯茶，放在他摆着一把五彩药片的茶碟上。但她的父亲已经站在厨房里，手持一卷报纸搜寻苍蝇了。“蠢货，”他大喊，“贱人。”窗帘的褶皱之间有些动静，沉默的空气里也有些轻响。窗格上，黑得泛光的绿头苍蝇们，疯狂地一飞而起，最后一次对生命和夏季致敬。它们嗡嗡地飞来飞去，薄纱般的翅膀拍打着窗玻璃。

苍鹭点缀的河流

他戴着手套，紧握刮冰铲，在挡风玻璃上来来回回地刮。一阵冰屑腾起来，掉在汽车的发动机罩上。天色依旧很暗，但太阳已经开始升起来了，把白茫茫的田野晕染成一片粉红色。他周围的所有土地都是僵硬的，没有任何动静，把他们家的地和隔壁农场分开的是一道长满枯草的结冰沟渠。他能看到远处的河流，它的侧面是一片树林，树枝上盖着一层浅浅的雪。一只苍鹭站在景观小池塘边，啄着结冰的水面。上周六，凯西开车进城，带回来六条锦鲤，它们中的一些是青铜色和茶色相间的，另一些是灰色的。他看着她把受惊后呆头呆脑的鱼放进池子里。他丢下刮冰铲，把手拍拍干净，苍鹭一腾而起，飞走了。

他们家是一栋带老虎窗的平房，朝南面对河流，造在田野上的一片凹陷处。他站在车道上望出去，积霜的屋顶和布满水汽、透出亮光的方形窗户，让房子显得像一个圣诞装饰品。他能看到穿着家居袍的凯西，背着格雷西，在厨房里走来走去，准备早餐。

“你睡着过吗?”之前他问过。

“睡着了，”她说，“睡了很久。”但他感觉到昨晚她偷偷地从床上起来，听到她下楼时的脚步声。他知道她会打电话给她住在卡色艾兰的姐姐玛莎。他不知道玛莎是怎么看这些深夜电话的。玛莎只在事关凯西和格雷西时才会跟他讲话，即使在那些时候她也是充满怨恨，每月一次她会寄来一张付托儿所费用的支票。

他铲完挡风玻璃上的冰，让发动机转着，这样可以预热汽车，然后他回到屋里。他在门厅里脱掉湿手套，把它们放在暖气片上烘干。他能听到老婆和小孩正在厨房里唱《小小蜘蛛》。他透过厨房门注视着她们，门上的压花玻璃让她们的身影有点变形。凯西正在煮麦片粥。她把木勺子架在锅沿上，然后蹲下来，她的家居袍像帐篷一般把格雷西罩在里面。格雷西尖叫着挣脱出来，但立刻又爬进去，拉着袍子把自己紧紧地裹住。她从纽扣的缝隙间戳戳她的脸，咯咯地笑着。当他走进房间里时，他感觉到有什么东西溜走了，就像气球被戳破后嘶嘶地慢慢漏气。

凯西跨过她的女儿，从厨房的另一头走过来亲吻他的脸颊。他注意到了她的黑眼圈。她握住他的手，轻轻地搓着，他冰冷的手让她皱起了眉头。

“天气很糟糕吗？”她朝窗户的方向斜斜脑袋，说。

“挺糟糕的。你之后去托儿所得小心点。”

“等到那时冰雪大概已经融化了。你要咖啡吗？”

他摇摇头。“我会在办公室喝的。”

格雷西摇摇晃晃地穿过厨房，重新去黏着妈妈。凯西一把抱起她，她像一只帽贝一样贴在凯西的脖子上。炉架上，麦片粥噼啪作响地烧开了。“我来弄粥。”他看到凯西转过身时说，“你坐下来吧。”

他把麦片粥倒在两只碗里，端到桌上。凯西把踢腿挣扎的格雷西放进高脚椅里，并系好带子。“玛莎叫我们去她那边住几天。”她说。

他拉出她旁边的一把椅子。“什么时候？”

“她觉得下周或许不错。那里有个节庆活动，几个亲戚都会在。”她在粥里拌了一些牛奶，用勺子舀了一口，轻轻地吹了一会儿才往格雷西的嘴里送。他看着小孩紧紧抿着嘴巴，把她的小身体扭到另一边，不看她。

“我不知道，”他说，“我不放心你们单独在那里。”

“我们不是单独在那里，我们会跟玛莎在一起，”她捏住格雷西的下巴，把它轻轻地转向勺子，“你可以周末过来，住几天。”

“玛莎这么说的？”他明白玛莎对他的感觉。他对玛莎也是一样的感觉。

“你知道她一直叫我们过去玩的。”

你，他想，她一直叫你去玩，但就在这时格雷西把之前她扭头拒吃的一口粥吐了出来。他看着凯西快速伸出手用勺子接住它。她自己的麦片粥一口也没动，在碗里冷掉凝固成了灰色的一坨。

“给我，”他伸手去拿勺子说，“我来喂她，你吃你的早饭。”但她摇摇头。

“我可以的，”她说，“不管怎样，你得去上班了。”

他从椅子上站起来，走到窗户边。外面，日光从东边扩散开来。花园里随处可见光秃秃的枝条，草坪修剪后的草屑被拢成一堆，斜靠在围栏边发酵，上面的积雪就像一顶白色的帽子。格雷西的三轮车，被留在外面一整晚，也结霜了，斑驳地露出下面紫色的车漆。

他们就是在这样的一个早晨，在一片白色的寂静中发现这块地的。他们在前一天晚上从都柏林来到这里，附近唯一的住处是十英里之外村里的一家提供住宿加早餐的客栈，他在那里薄薄的被单和粗硬的毯子下面小心翼翼地跟凯西做爱。当时她怀孕没多久，他在她的身体里抽动时有一种陌生的拘束感，害怕会伤到胎儿，他不知道自己的女儿当时是多么安全，多么受到保护。第二天早上，他们在这片地里跟拍卖商见面，周围结霜的农田和层叠的白色山丘环绕着他们，犹如一件婚纱。深色的小鸟鼓着羽毛抵御寒冷，在灌木篱墙里飞进飞出。

“你见过如此美丽的地方吗？”凯西轻轻地说，“就像纳尼亚一样。”

“你觉得你可以在这里生活吗？”当他们跟在拍卖商的后面，朝他们停在巷道里的车子走去时，他记得自己这样问她。“是的，”她回答，“是的，我觉得我可以。”

他看看手表，发现快八点了。他走过去亲吻凯西，当她冲他仰起脸时，麦片粥从勺子里流下来，滴落在高脚椅的托盘里。格雷西端详它，戳戳它，用手指在托盘上一圈圈地画来画去。凯西只是耸耸肩，用家居袍的袖子擦去麦片粥。有些早晨，她热切地想要取悦他，竭力装出开心的样子，令他感到不安。今天早上她似乎较为放松，较为愉快，她说再见时的微笑也显得没那么勉强。

但几分钟后，当他坐在车里，钥匙插在点火开关里时，她出现在前门。她穿着薄薄的布拖鞋，双臂环抱自己抵御寒冷，穿过沙砾车道走过来。

“你这个月不用去曼彻斯特，对吧?”他摇下车窗，她说。

“对，”他说，“我不用去。”她跟他挥手道别，他看到她脸上露出放心的表情。

他开出大门，沿着小径往前开，压碎了小水坑表面薄膜般的冰霜，转弯驶上主干道。在图米桥上，一块变形的汽车挡泥板和侧板白晃晃地横在路边，像古代丝绸之路上的白骨一般警告着其他旅客。他的手机放在仪表盘上。他喜欢把它放在他能看到的地方，尽管他知道它不会响。一旦开上沿河的那条路，他的手机就脱离了信号覆盖区，直到他开到双向高速才会有信号。沿河路是一道连接两个世界的传送门：一头是他的家，另一头是城市，中间是无人区，一个他够不到妻子和女儿的时空，遥不可及。

雾气从河上升起，像鬼魂般在黑漆漆的无人的树林中穿行。生活在河岸边的苍鹭大批出动，一只只都靠纤细的鸟腿保持着平衡。它们一动也不动地站着，修长弯曲的脖颈朝前伸着，仿佛它们也跟草木一样被冻僵了。路面粗糙不平。每年春天，市政局都会派出人力，动用机器，运来一车车的沥青铺设新路面。但每年冬天，河水又都会把它冲走，于是到了二月份，剩下的不能算是一条路，而是一条泥土道。

他的办公室在市中心一栋上世纪七十年代建的、正面四四方方的楼里。沿着星星点点粘着口香糖、成年累月被漂白剂洗刷的台阶，就进入了挂满了各种金融产品广告的大堂。他看到他的经理卡希尔在电梯间里等电梯，便决定走楼梯。他明白卡希尔正在丧失耐心。他考虑过跟他谈谈，但时机总是显得不对，现在他觉得时机可能已经过掉了。最近他注意到卡希尔跟他说话的方式有所改变，如果他们在走廊或茶水间经过彼此，多数时候卡希尔都会别过头。

他的格子间在四楼一个很长的矩形房间里，玻璃窗从地板一直延伸到天花板。更多的玻璃将办公区跟楼梯间和员工茶水间分隔开来。他打开电脑，看到卡希尔将他包括在一封关于下周去曼彻斯特出差的邮件里。他点击“回复”，打了几句话，就停了下来。他盯着屏幕看了一会儿，没有打任何字，然后他把回复保存到“草稿”以便之后再写。

他在茶水间泡了一杯咖啡，拿着回到他的桌子边。坐在隔壁格子间的女人把头伸到隔墙上。“卡希尔在找你。”她抑扬顿挫却又口齿不清的声音让他烦躁，她说完就回去继续工作，假指甲噼里啪啦快速地敲击着键盘。他打开邮件，继续写给卡希尔的回复。他看了一遍之前写的内容，补了一两句话，接着关掉它，开始干别的事情。

上午十一点三十五分，他的手机响了。是玛莎。“我很担心。”她说。

他屡次跟玛莎说过他在一个开放布局的办公室工作。

“稍等。”他说。他站起来，走到外面的大厅里。他能想象玛莎在电话另一端的模样，因等待而生气地吸着脸颊，拽着她毛衣开衫的纽扣，仿佛它们惹到她了。电梯和清洁用品储藏柜之间有一个凹进去的狭窄空间。之前他发现如果他紧贴墙壁，他可以透过玻璃看到他的格子间，他自己却不容易被看见。

“好了，”他说，“你继续讲吧。”

“你最近有没有注意到什么事？”

“没有什么值得一提的。”

“这意味着你注意到了什么事。”

他想知道两个都爱凯西的人怎么会如此讨厌对方。“她不再去跑步了，”他说，“但那主要是因为天气。”

“还有什么？”

他想象玛莎拽纽扣的动作变得更大力了，一颗纽扣从她的开衫上掉下来，在她厨房的地上滚到一边。他闭上眼睛，深吸了一口气。他即将背叛他的妻子。“她漏吃了几次药，但只有几次。她还感觉很累，不过最近格雷西是挺闹腾的。”

电话一度陷入沉默，然后玛莎说：“格雷西今天没去托儿所。”

“你怎么知道的？”

“我打电话到托儿所，他们告诉我的。”

“你无权给他们打电话的。”

“我一直打电话过去的，”玛莎说，“总得有人打的。你知道她上周两次忘记去接格雷西吗？当她没有出现时，他们不得不打电话给她。”

“她大概只是迟到了，”他说，“迟到不是忘记。”

“她晚了一个多小时。还有你知道昨天吗？知道他们给格雷西换尿布时发现了什么吗？她的裙子很脏。很脏，而且一边还破了，她甚至都没有穿背心。”

他把额头靠在清洁用品储藏柜的木板上，吸进漂白剂和消毒剂的气味。他妻子被剥夺所有权的每一件小东西，都被赤裸裸地摆在一种苛刻的人造光线下；每一次失败都被放在露天游乐场的镜子前检阅，放大扭曲，直到任何最小的疏忽都变成了灾难的信号。“他们跟你说了所有这些事？”他说，“他们无权那么做。这类事都是隐私。”

“我才不管你的隐私不隐私呢。你女儿今天不在托儿所，你需要开始思考这一点。”

越过储藏柜的顶部，他看到卡希尔穿过迷宫一般的格子间，正朝他的办公桌走去。他看到他把手放在空椅子的椅背上，环顾四周。

“你听到我说的了吗?”玛莎说。

“他们确定她不在托儿所吗?”

“当然，他们百分百确定，小孩上学放学，他们都有签名记录。你女儿不在那里。”

他能看到卡希尔弯下腰快速写了一个字条，留在他的办公桌上。“我现在就给凯西打电话。”他说。

“你觉得我还没打过?过去的一小时里，我都在不停地打电话。”

“她可能在楼上，她可能没听到电话铃。一些时候，她会趁格雷西在托儿所时洗澡。”

“我跟你说了，”玛莎说，他能想象随着她越来越紧地握着电话听筒，她的指关节都发白了，“格雷西不在托儿所。”

“那么我过十分钟再给她打电话。”

“好吧，你联系到她后通知我。”

“我会的，”他说，“谢谢你，玛莎。”但她已经挂断了。

他拨打凯西的手机，但直接是语音信箱。固定电话也打不通。他回到办公桌前时，隔壁格子间的女人又出现在隔墙之上。“卡希尔。”她冲他电脑屏幕上的即时贴点点头说。他撕下即时贴，看了看。他得把上个月的数据带去中午关于曼彻斯特的会议。他把纸条揉成一团，扔进废纸篓里。他再次试着拨打凯西的号码。他想过打电话给托儿所，询问格雷西是否现在已经到了，但他决定不那么做。

他走楼梯到三楼去收集一些文件，回来时，他看到他错过了玛莎的一个电话。他环顾办公室。卡希尔正站在远处，跟信息技术部的人讲话。他回到外面的大厅里，拨打了玛莎的号码，她没有接，于是他又拨打凯西的号码。依然没人接，他回到办公桌前，拿起挂在椅背上的夹克，离开了办公室。

他驶出城，经过在战争纪念雕像周围簌簌发抖的游客，经过公园里戴着帽子围巾推着婴儿车聊天的母亲，驶上通往双向高速的道口。不久他便转上了沿河路，玛莎打来电话，但信号断断续续的，很多静电噪音，接着还彻底没声音了。没有下雨，但不断有融雪从头顶的树枝上滴下来，拍打着挡风玻璃。大自然苏醒了：开始解冻了，而一旦开始，便势不可挡。河岸边树上的霜冻正在融化，露出洪水时绕在树干上的破塑料片和其他残骸。银装素裹的景色不复存在：白色开始褪去，留下脏脏的棕黄色和霉绿色。一根低垂的树枝上挂着一只装满了河水的塑料袋。他记得小时候有一年夏天，在他祖父母的农场里，他在一条小溪边发现了打结的袋子，里面装满了水。他打开袋子后，发现了六只黏糊糊、还没睁眼的无毛小狗的尸体。

过去的十一月发生了一件事情，他没有告诉玛莎。他猜想凯西也没有告诉她，因为玛莎知道的话，凯西和格雷西现在就会住在卡色艾兰了，他则会独自住在河那边的房子里。十一月的一天傍晚，他回到家发现前门敞开着，前厅里树叶被风吹来吹去。“凯西？”他放下公文包，喊道。厨房里，一袋从橱柜里拿出来的面粉被打翻了。格雷西在桌子底下，只裹了一块尿布，正用一把叉子从一个瓶子里挖果酱出来，在地上乱涂。她全神贯注，除了叉子碰到地砖的声音，厨房里一片寂静。只有当她抬头看到他时，她才开始号啕大哭。“妈妈在哪里？”他把她抱起来，从一个房间走到另一个房间，试图安抚她，但她哭得更响了。

他从洗衣篮里拽出几件衣服，给她穿上，又从楼梯底下翻出一只手电筒。凯西的手机放在厨房的桌子上面，她的车停在车道上。他先在花园里搜寻了一遍，搜得很匆忙，因为他不指望能在那里找到凯西。他检查了工棚，跟往常一样外面用挂锁锁着。格雷西被夜色中户外的新奇感分散了注意力，不哭了。她摇摇晃晃地走在他的前面，追逐着手电筒的光晕，跳着去踩它，当光晕从她脚下溜走时，她还兴奋地尖叫。他攀爬越过沟渠，然后把格雷西抱过来，进入隔壁的农场。他让她坐在自己的肩膀上，一只手扶着她，另一只手拿手电筒在幽暗的青草上扫来扫去，走过一块又一块的草地。

他们从农场一路走，穿过马路走到河边的那片沼泽地。夜晚的乡间是另一番模样，柔软的土地吸着他们的脚，空气里满是飞舞的小虫。他们走近河边时，他发现前方有动静，树林边有一团动作迟缓的黑影。那是一群牛，它们皮毛上的白斑像幽灵一般在黑夜中浮现出来。它们聚成一圈，低着脑袋，热气从它们的鼻孔中涌出来。“哞！”格雷西大声叫起来，“哞！哞哞！”牛群散开来，露出正坐在一个金属饲料槽上的凯西，牛蹄子把她周围的地面踩得一片泥泞。她穿着一条半裙，一件短袖上衣，脚上套着一双拖鞋，他走近后发现她的手臂和腿都被荆棘划破了，脚踝上的一道口子正在流血。她抬头看看他，然后又扭头看向别处。那天晚上，他给她洗澡，给她的伤口抹上消毒水，把她在床上安顿好，把睡着的格雷西放在她的臂弯里，做完所有这些之后，她依然不愿看他。

驶经林登十字路口时，汽车一下打滑越过中线，他赶紧急打方向盘调整回来。一只苍鹭展开翅膀，飞起来，低低地从树林里飞到路上。它飞得很近，让他害怕它会撞上汽车的挡风玻璃，但它飞高了一点，在车子前面飞了一会儿，像一个沉默的护卫，接着它飞得更高了，似乎比这样的大鸟能够飞到的高度更高，消失在一片树林之后。他用手摸了一下脸庞，意识到自己正在哭。如果他回到家，她们安然无恙，他就再也不离开。他要待在她们身边，不会回办公室，不管卡希尔会如何处置他。卡希尔想什么不想什么，都不再重要；几乎想不出任何比卡希尔更不重要的事情了。他们能过下去的，他会找到办法的，他会跟玛莎谈谈。

开上车道时，他看到池塘周围的地有被人踩过的痕迹。草坪上被撬掉了几块草皮，露出底下的红色泥土，被挖起来的白草混在绿色的草叶中。一些木桩被人从工棚里搬出来，堆在一把丁字斧和一卷建筑工人留下的铁丝网旁边。他停好车，从车里出来。池塘本身是泥草混杂的一团糟，泥泞得根本看不见任何鱼。池塘围边的一部分开裂了，慢慢渗出来的池水把旁边的地面变成了沼泽。他朝房子的方向望去，意识到凯西的车子不见了。

他自己的呼吸声，汽车发动机停转的嘀嗒颤动声，都变得异常明显。他有一种身处水下的感觉，仿佛正在竭力抵抗一股要把他吞没的巨浪。接着，格雷西突然从房子的一个角落后面快速跑过来。她穿过草坪，湿漉漉的草让她几度打滑，摔倒，又爬起来。她身穿一条粉色泡泡袖的红色连衣裙，腰带上下飘舞，脚上是叮当小仙女凉鞋。他奔过去，一把抱起她，这是他早上开车离开的孩子，他理应保护她免受一切事、一切人的伤害。他紧紧地搂着她，紧得连她牙齿打战的声音都被他的衬衫捂住了。当他把头从她的头发里抬起来时，他看到凯西穿过花园朝他们走来。她拎着格雷西摔倒时遗落的一只凉鞋。

“你怎么在家?”她说。她穿着一双威灵顿靴子，一条上一年为一个亲戚的婚礼而购置的连衣裙，这是一条夏天穿的裙子，料子很薄，上面印着蓝黄鹦鹉的图案。这时他发现裙子套在她身上显得非常松，她的锁骨异常明显，仿佛随时会破皮而出。

“我忘了一份文件。”他说。

“今天忘记真是太糟了，”她说，“路况非常差。我们甚至都没到托儿所，不是吗，格雷西？我们开到小径尽头，就折回来了。”

“你的车在哪里?”

她把凉鞋重新套到女儿的脚上，系好搭袢。“停在工棚后面了。我在用它运木桩，它们太重，我搬不动。”

格雷西从他的胳膊中挣脱出来，走到池塘边。“可怜的鱼。”她说。她跪在水泥池围边，把胳膊伸进水里，弄湿了裙子的一整个袖子。她从里面捞出一条灰色的死鱼。她捏着鱼尾巴，像钟摆一样把它晃来晃去。

“又是那只该死的鸟。”凯西说。她从女儿手里抓过鱼，把它放在草地上。“我们透过窗户看到它，马上跑到外面，”她指指鱼脖子上一道很深的伤口，就在鱼鳃下面，“它扔掉鱼，但我们还是晚了一步。还有两条鱼不见了。也可能是三条。”

“坏鸟鸟，”格雷西说，“坏鸟，坏鸟鸟。”说完她还跺跺脚。

他想说现在是冬天，鸟也不过是在做它一直做的事情，做它不得不做的事情。他还想说在这个连河鱼都很难生存的不毛之地，那些呆头呆脑的锦鲤从一开始就是毫无希望的。凯西拿起斧子。“你要干什么？”他说。

“我们要保护鱼的安全。我们要为它们造一个笼子，就像动物园一样。对吧，格雷西？”当她把斧子抡向地面时，斧子一头扎进了草地里，她靠在斧子柄上，用它做杠杆，撬起一块草皮。她把草皮翻过来，露出下面错综的草根。她没有穿外套，甚至连一件毛衣都没穿，她的胳膊冻得发紫，布满了鸡皮疙瘩。他注意到格雷西也是同样的状况。格雷西的裙边垂在池子里，向上蔓延的池水把裙子弄湿了一大片。

“我们等下再来弄它，先进屋去。”他说。

凯西停下撬草皮的工作。他看到她正盯着他看，她的脸上写满了困惑，她努力想要搞明白自己是否让他不高兴了。“一切都好，”他说，“外面很冷，仅此而已。我们可以等会儿再来弄这事。”他握住格雷西的手，开始朝房子走去，凯西跟在他身边。

“我之前打电话给你，”他说，“打了好几次。”

“是吗？早上的大部分时间我们都在外面，待在这里，不是吗，格雷西？”

格雷西朝她的妈妈郑重地点点头。“可怜的鱼。”她又说了一遍。

在前门口，凯西脱下靴子，把它们留在台阶上。“我一直在想，”她说，“关于托儿所的事情。每个月玛莎要为此付很多钱。而我们也不再真正需要它了，不是吗？我的意思是，我现在好了，我能搞定的。”她随手乱撸了一下女儿的头发。“我们今天早上过得很开心，不是吗？就妈妈和格雷西两个人，对吧？”

“我们不必现在对托儿所一事做决定，”他说，“我们等周末再详细聊。”

进屋后，格雷西摇摇晃晃地跟在她妈后面穿过前厅。他扫了一眼手表，发现关于曼彻斯特的会议快要开始了。

“既然你都回家了，不如就留下吃午饭吧。”凯西说。

“当然，”他说，“为什么不呢。”

他来到楼上的卧室，脱掉夹克，把它扔在床上。在卧室自带的洗手间里，他打开柜子，拿出装着凯西药品的盒子。他数了数塑膜包装的一板板药片：数目完全正确，不多不少。他往脸上泼了一些水，在床上闭着眼睛躺了一会儿。在他夹克的侧袋里，手机响了。他收到三条信息：一条来自内部差旅部门的短信，内容包括机票和宾馆的预定确认单：在曼彻斯特住三晚——还有一件之前没有提过的事情——在伯明翰住两晚；一条玛莎的语音留言，语气唐突无礼，她说她正在路上，要赶来看看凯西到底是怎么了；

还有一条信息来自卡希尔，质问他到底在哪里。他关掉手机，把它放回夹克的口袋里，走下楼。

厨房里，凯西正在平底锅里煎洋葱和培根粒。“我想我们可以吃煎蛋卷，”她说，“做起来很快，吃完你赶回办公室。”她让格雷西站在她身边的一个凳子上，卷起小娃的袖子。他看着格雷西在碗沿上敲开一只鸡蛋。一半的蛋液顺着碗沿流下来，滴在台面上，一半夹杂着蛋壳碎片，掉进碗里。凯西把一根手指戳进生鸡蛋里，去捞里面的蛋壳碎片。她在灶台和橱柜之间走来走去拿食材的动作中透出一种快乐的决心，她还麻利地又切了一只洋葱。他注意到他在楼上时，她涂了唇膏，还梳了头发。“我们换在餐厅吃饭，好不好？”她说，“格雷西会帮我摆好桌子的，不是吗，格雷西？”说着她把小娃从凳子上抱下来，牵着她的手走出厨房。

他独自待在厨房里，留意着煎蛋卷，不时摇晃一下平底锅，以防粘锅。透过窗户，他看到霜已经开始融化朝西边的山丘退去，余霜在工棚外凯西车子的发动机罩上构成了一幅斑驳的图案。过了一会儿，他把平底锅从灶头上拿下来，走到餐厅门口，餐厅位于前厅的另一边，是一个他们极少使用的房间。

凯西在桌子尽头，俯身对着一只巨大的银托盘。这是他们结婚前在都柏林的一个市场里发现的，它装着他们结婚时收到的玻璃器皿礼物。凯西拿起一个杯子，对着光线看，又用手指绕杯沿摸了一圈，检查是否有裂缝。她用一块茶巾把它擦亮，放在桌上，接着又拿起另一个杯子。格雷西在折红色的餐巾，把它们对折又对折，再把它们压平，但她松开手后，它们便弹开来，这让她很不满。凯西抬头笑笑。“我想我们可以开瓶葡萄酒，”她说，“你吃午饭时可以喝一杯，一杯葡萄酒不会有什么要紧的。”

“我也觉得不要紧。”他说。透过餐厅的窗户，他看见玛莎银色的沃尔沃转入车道。它在被毁掉的池塘边停下，他看着玛莎摇下车窗，盯着看了一会儿，然后才下车朝房子走来。“好一个让人开心的惊喜！”凯西说，“她刚好赶上吃午饭。”她丢下玻璃杯，经过他，走进前厅去欢迎她的姐姐。

折完餐巾的格雷西从椅子上滑下来。她没有看她的爸爸，而是环顾房间，准备好逮住任何可乘之机。她微突的下巴透出一股坚毅，不像他家这一边的人，他倒也不觉得这像凯西，而是始终让他觉得很像玛莎。此时她目的明确地朝装着玻璃杯的托盘走去。转瞬之间，她就伸出一只小手，捏住了一块亚麻餐巾的一角，餐巾上摆着一只蓝色雕花玻璃酒瓶，她拽了一下餐巾，失去平衡的酒瓶开始朝一边倒去。“格雷西！”他听到玛莎在他身后喊道。但他在那儿看着，就像他始终在看着一样，他就在那儿，就为了刚好能在它掉下去之前及时接住它。

银狐之夜

他们在阿比菲尔城外的一家加油站停下给车加柴油。两个加油泵竖在一片粗糙的水泥地上，周围是一排光秃秃的白杨树。夜色已晚，黄昏像一个拳头，落下来笼罩着加油处。卡瓦纳摇晃着下车，猛拍货车的侧面，仿佛它是一只动物。他身材敦实，脸膛红红的，三十七八岁的样子。他小时候的绰号是科里[①]，因为他有一头螺旋状的鬈发，这个绰号一直被人叫到现在，尽管他现在几乎全秃了，只是两只耳朵上面还有两小撮柔软的细毛。

加油站里有一个小商店，窗户上贴着褪色的HB冰激凌海报，货架上一盒盒的玉米片旁边摆着一罐罐的舒瓦菲格[②]和老鼠药。“给车加满油。”卡瓦纳对出现在门口的少年说。然后他朝地上吐了一口痰，朝店后面的洗手间走去。

杰拉德待在驾驶室里，看着跟他自己年纪差不多大的男孩给货车加油。男孩站在货车的后面，一手握着油枪，另一只手紧紧地捂着鼻子和嘴巴。当男孩的目光与他在后视镜里相遇时，杰拉德别过脸去。

三个月了，他依然不太习惯这种气味。瞪着呆滞无神眼珠的鱼头；粘在他手指上的鱼皮和鱼鳞；从鱼肚子里滑出来的紫红色内脏。死鱼的气味幽灵一般，从倾倒进工厂筒仓的饲料里升起来。杰拉德把头发剃得紧贴头皮，指甲也剪短到手指出血。晚上在卡斯尔敦贝尔③的酒吧里，他想象细小的鱼骨像弹片一般嵌在他的皮肤下面，微小的鱼鳞碎屑像尘埃一般悬浮在空气里。卡瓦纳不在乎这种气味，但他是闻着这种气味长大的。

“光天化日下的抢劫。”卡瓦纳回到货车边说。他把钱递给油枪边的服务员。“去给我买两包泰托④，多买一包给你自己。”他边摇头边钻进货车里。“光天化日下的抢劫，”他又说，“四十分一升，比斯莱特里⑤的酒还贵。”

杰拉德没有问为什么他们最近不去斯莱特里了，为什么斯莱特里在几周前停了他们的记账单，以及为什么卡瓦纳自那以后就跟他们疏远了。

卡瓦纳不成调地哼着歌，等男孩带着薯片和找零回来。当他们经过距离这里四十英里的古雷尼后，他开始哼这首民谣中的一段，一直哼着没有停。驾驶室内壁上贴着从杂志上撕下来的摆着各种姿势的女人图片。她们大都是穿着

---

① 科里（Curley）跟“卷毛”（Curly）谐音。

② 舒瓦菲格是爱尔兰常见的洗手液品牌。

③ 卡斯尔敦贝尔是爱尔兰科克郡内的一个城镇，也是一个重要的渔港。

④ 泰托是爱尔兰的一个薯片牌子。

⑤ 斯莱特里是都柏林最知名的酒吧之一，周末早晨七点就开门营业。

暴露的亚洲女人：卡瓦纳偏好亚洲女人。卡瓦纳老婆诺拉在去年盖尔运动协会的晚宴舞会上拍的一张照片，夹在一个袒胸露乳骑在哈雷摩托车上的女人和两个穿开裆三角裤的黑眼睛女人之间。诺拉顶着一头慵懒的金发，戴着眼镜，裙子的肩带在她丰腴的肩膀上勒出几道沟痕。

“现在我们是在印第安人的地盘上，”卡瓦纳看见男孩穿过商店前面的空地走回来时说，“这些利默里克的杂种抢钱不眨眼，恨不得把你的牙齿从脑袋里挖出来。”他把找零数到最后一分钱，才放进口袋里。

他们重新上路时，天几乎完全黑了。卡瓦纳把一包薯片扔到驾驶室的另一头。“这能让你填填肚子，”他说，“我们不能指望利迪给饭吃。”离基尔克罗汉还有四英里时，他们转上一条中间长满杂草的狭窄小路。货车硬是在荆棘丛中往前行驶。“邓多克有个男人用菜油来开这种货车，”卡瓦纳说，“你听说过这事吗？”

“没有。”杰拉德说，虽然他记得自己几个月前在报纸上读到过。如果他透露自己知道些什么，卡瓦纳是不会放过他的。卡瓦纳对陌生的新事物有孩童般的好奇心。每一条新闻都要抓住细究，像一个引擎一样拆开来，仔细检查每一个部件。他读书很好，但十四岁就离开学校去鱼类加工厂上班了。

卡瓦纳摇摇头。“我想我受不了那个，”他说，“那种气味。开着那车肯定就他妈的像坐在一家薯条店里似的。”杰拉德扫了一眼旁边的卡瓦纳，想看看他是不是说真的。卡瓦纳正看着路，手指在方向盘上打着节奏，又在哼那首歌。仪表盘的亮光照在他的脸上，让他的五官泛出一点点神圣的光晕。杰拉德决定不吱声。卡瓦纳停下哼的歌，叹了一口气。“今晚你话很多，”他说，“我都插不上嘴。你是恋爱了，还是怎么着？”

“别胡说。”杰拉德说，但他微笑着转头去看外面的树篱中乌压压的大树，它们的枝条拍打着货车的窗户。

早在八月份，开始为卡瓦纳干活的六周后，杰拉德第一次去利迪的水貂养殖场。自此他就无法忘记那个地方。部分是因为农场本身，部分是因为利迪的女儿。她大约十七岁，头发染成蓝黑色，眼圈上画着浓重的黑色眼线。卡瓦纳跟她的父亲进屋后，她带杰拉德穿过院子，去看了貂。

貂被养在一排几百英尺长、二三十英尺宽、盖着低矮镀锌板坡顶的棚子里。棚子的四边毫无遮蔽，完全敞开，风从山那边朝西吹进棚子里。杰拉德跟随女孩走进第一个棚子，沿着锯末小径走到中间。两边的铁丝网笼子里关着几千只貂，大部分都是白色的，间或有几只棕色的。它们在笼子里窜来窜去，后腿直立，探头探脑，口鼻贴在铁丝网上。它们的眼睛像湿润的珠子一样闪着光，身体扭来扭去地撞击笼子的四边。

杰拉德站在一个笼子前，用手指戳戳铁丝网。一只正在咬自己毛的貂停下来，看看他，下巴凶恶地一歪。它嗅嗅空气，爬过来，突然发狂咬破了他指尖上的皮。接着它退回去，隔着一段距离盯着他看。

女孩站在几步之外的地方旁观。“我估计你觉得这很残酷。”她说。她的头发包在连帽外套的帽子里，胳膊交叉环抱在胸前。

杰拉德检查了一下手指，耸耸肩。“这不关我的事。”他说。

女孩没有说话，眯起深色的眼睛，盯着他看了一会儿。然后她叹了一口气。“喂养它们就是为了这个，”她别过脸去说，“它们什么也不懂。”

卡瓦纳驾驶小货车驶进一个两边竖着粗糙水泥柱子的泥泞入口时，天已经黑了。货车沿着一条被铁丝网围住的崎岖小道蹒跚前行。杰拉德能看到远处黑漆漆的、长长的一排排关着貂的棚子，棚子的金属棚顶在月光下闪着微光，它们的后面是挤成一堆的附属建筑。“利迪从六月份起就没付过钱，”卡瓦纳说，“那么今晚他得想办法拿点现金出来。然后我会跟你结账。”

“没事，”杰拉德说，“一切都好。”其实并非如此。卡瓦纳有三个星期没给他工钱了，杰拉德上次回家时不得不问他爸借钱去付房租。“我会跟你结账的。”小货车驶进院子时，卡瓦纳又重复道。

农宅是一栋两层的正方形房子，石灰水刷白的外墙有点褪色，杂草从门前台阶的缝隙里长出来。一只猫穿过货车行驶的小路，躲到一排柏油桶的后面。利迪溅满泥浆的吉普停在院子里，后灯坏了一只。“为利迪感到难过是很容易的，”卡瓦纳说，“但那又有什么用呢？”他俩一起从货车上下来。

门廊里亮起一盏灯，利迪自己现身了。他身材精瘦，驼着背，一件灰色开襟毛衣松垮垮地套在身上，他穿过院子朝卡瓦纳和杰拉德走去时，目光在他俩之间扫来扫去。他的皮肤像博物馆里的玩偶一般苍白憔悴。这让杰拉德想起他母亲去世前几个月里的模样，他立刻意识到利迪病了。

“你们怎么样？”利迪朝卡瓦纳伸出一只瘦骨嶙峋的手，卡瓦纳用自己巨爪般的手握住它，握得紧到杰拉德觉得会听到骨头碎裂的声音。利迪的女儿从屋里走到外面的门廊里。她懒散地靠在门框上，黑色的头发松松地梳成一个马尾。

利迪抬头看看大朵云团移动变幻的夜空。“很快要下雨了，”他说，“你还是快卸货吧。我去烧水泡茶。”

杰拉德走去打开货车的后面，但卡瓦纳举起一只手。“等一下，”他说，“要是想喝茶的话，我大可以待在家里。喝茶他妈的对我不管用。”

穿着运动裤和背心的女孩从门廊里走出来，走下台阶，穿过院子。跟杰拉德之前记得的一样，她的眼圈上画着黑色的眼线。

利迪已经开始拖着脚朝房子走了。他回头对卡瓦纳喊。“难道你不知道我有能力还钱吗?”他说,“我辜负过你吗?”

卡瓦纳不为所动。“你已经欠了我三车货的钱,”他说,“我有账单要付。我还要付这个年轻小伙的工钱。”他朝等在货车边的杰拉德点点头。

利迪停下脚步。他深喘了一口气,胸口剧烈起伏,人几乎弯成两截,手撑在膝盖上。“像这样的小伙子到底想要什么呢?”他再度直起身体说,“像这样的小伙子,拿着酒瓶坐在树下就很开心了。”他大笑起来,但卡瓦纳却没有笑。

“暂时先这么着吧。”女孩说话了,她的声音有点含糊,仿佛是刚睡醒。她像猫一样在脑袋后面举起两只胳膊,伸了一个懒腰。“我们可以进屋聊。”她转身,朝房子走去,三个男人跟在她后面。

门廊里堆着一包包的煤炭和引火柴。一个角落里摆着两双鞋面满是泥浆和锯屑结块的威灵顿靴子,它们的旁边放着一个塑料桶和一把扫院子的大扫帚。一张教皇约翰·保罗二世伸开双臂的照片旁边,挂着一本已经过期两年的福特拉什渔民合作社日历,各种日子被打圈打叉,墨迹犹如蛛网。门廊后面是一个黑漆漆的狭窄门厅。利迪踌躇不前,女孩推开门,走进一个小小的客厅里。

客厅里有一个带奢华雕花的红木斗柜，肯定是从某个大豪宅里搬来的。斗柜上面摆着一些折成方块的褪色床品，还有一只蓝色的瓷大象。这个房间弥漫着陈年旧货、落灰层叠的气息。地毯是棕黄底色中夹杂着橙色的斑点，一只沉闷的黄褐色沙发靠墙摆着。两把依然套在塑料包装里的配套扶手椅分别摆在壁炉的两边。一张咖啡桌上摆着一本《皮草农场年刊》和几本破旧的平装版书。

利迪和卡瓦纳各自在扶手椅上坐下。杰拉德坐进沙发里时，瞥到一眼壁炉上方镜子里的自己。夏天在码头上度过的日子让他的皮肤依然泛着浅浅的古铜色。剃得很短的头发隐约透出的彪悍气息，他还不是很习惯。他脱掉夹克，放在身边的沙发上，这么做的时候，他觉得自己闻到了一丝死鱼的臭味。透过拉开的窗帘，他看到反射出月光的小水坑，犹如一个个小湖，散布在院子的地面上。

“你们喝酒吗?”女孩说话的腔调远比她的实际年龄成熟。站在那儿等他们回答的她，不仅可以做这个房子的女主人，还可以主宰农场、院子、成排的貂笼以及农场外的湿地和沟渠。

卡瓦纳摇摇头。“喝茶就好。”他说。

接着她的目光移向杰拉德，他感觉到自己的脸红了。

卡瓦纳看过来，咯咯地笑。“他是闷声不响的猛男类型，”他说，“半个卡斯尔敦贝尔的女人都为他疯狂。”他冲女孩眨眨眼。“你可能更加挡不住。”

一时间女孩害羞了，她盯着地毯，把一缕头发拢到耳朵后面。“喝茶就行。”杰拉德说，女孩朝他笑笑，走出房间。

她离开后，男人们沉默地坐着。卡瓦纳从来不会找不到话说，杰拉德明白他的沉默是一种警告，是卡瓦纳对利迪表态的方式。

利迪盯着壁炉的空炉膛看了一会儿，然后当卡瓦纳依然不说话时，他转而跟杰拉德找话说。“你是哪个地方的人？”他说，“是什么倒霉事让你跟这个大老粗搞到一块儿的？”

杰拉德是卡瓦纳妈妈那边的远房表弟，夏天毕业后，卡瓦纳便把他带到鱼类加工厂干活。一方面这是卡瓦纳留心看着他的方式，因为去年杰拉德的妈妈过世了。另一方面也是因为上一个冬天暴风雪后，杰拉德的爸爸借钱给卡瓦纳修理工厂的屋顶，卡瓦纳还没把钱还给他。

杰拉德能感觉到利迪正盯着他看，等他回答。幸好卡瓦纳打破了沉默。“他有一份工作，难道不是最走运的小子？”他说，“他这个年纪的其他小伙子都得跑到澳大利亚去。”

“运气是一个双面婊子，”利迪说，“我得到这个地方时，还有人说我走运呢。”

卡瓦纳陷入沉默，再度开口时，他问起利迪的一个正在克鲁姆住院的亲戚。接着话题转到足球和格雷伊猎犬上，房间里的气氛暂时平静了下来。

女孩端着茶水回来时，换上了一件低胸的粉色上衣和一条包紧臀部和大腿的黑色短裙。她刚梳好的头发，垂在肩膀上，更像是靛蓝色而非黑色。她端着一个托盘，上面摆着茶水和一盘奶油巧克力华夫，她俯身把托盘放在咖啡桌上，杰拉德的目光沿着她隆起的胸部，从白花花的乳房一路滑进它们之间的乳沟里。女孩把茶杯放在茶碟上，开始倒茶。她突然抬起头，发现他正在看她。她盯着他看，双颊泛红，直到他也盯着她看，他第一次注意到她的眼睛实际上是非常深的蓝色，几近藏青色，而不是他之前以为的棕色。然后她直起身子，把空托盘夹在胳膊下，走出了房间。

卡瓦纳拆开一块奶油巧克力华夫的包装，一口咬掉半块，慢慢地咀嚼起来。“好了，利迪，”他说，“你有什么可以给我的？”

利迪在椅子里身体前倾。“之前我们这里来了激进活动分子，”他说，“他们拿钢丝钳搞了十分钟，我损失了一千只貂。第二天早晨，一个农夫拉了一车死羊来我这里，每只羊的喉咙上都是一个血洞。”利迪摇摇头，用手摸摸他自己瘦削的脖颈。

“应该开枪打那些混蛋，”卡瓦纳说，“该死的杂种。我知道我会用他们的钢丝钳干什么。”

利迪把手从脖子上移开，放在膝盖上，他的腿立刻抖动起来。“上个月我们扑杀了一批貂：阿留申病[①]。”

卡瓦纳叹了一口气，把杯子重重地放在桌上。“听着，”他说，“我看上去像特蕾莎修女吗？我们中没有一个是日子好过的。”

“假如我知道自己会陷入这种局面，”利迪说，“我是绝不会来这里的。”他更像是在对自己说话，而不是对卡瓦纳说。“我会待在城里，给自己省去很多麻烦。”

“麻烦总是难免的，”卡瓦纳说，“我有银行欠款要还，我有老婆要养，我还得付这个小伙子的工资。”他指指在杰拉德前面堆积起来的奶油巧克力华夫的包装纸。“看看他，他都饿坏了。”

除了之前在小货车里吃的薯片，杰拉德从他们四点出头离开卡斯尔敦贝尔后就没吃过东西。他本来正准备再拆一块奶油巧克力华夫吃，现在却把它放回到盘子上。

“我下次付一笔大的给你。”利迪说。

“你得今晚就付，否则我会掉头把货车原路开回去。”

“有个人周二会来买貂皮。你下次路过时电话通知我。”

卡瓦纳的脖子开始泛红，一路红到脸颊。“这世上没有不要钱的事情，”他说，“你可以今晚付我钱，要不你就下地狱吧。”

“我不会讲得那么极端，”利迪说，“看看你的周围。”

---

① 阿留申病又名“貂病毒性浆细胞增多病”，会导致貂流产和死亡。

利迪有点愠怒。之前刻意的谈话结束了，取而代之的是一种不悦的执拗，让他嘴巴周围的线条变得紧绷，透出痛苦。杰拉德突然能想象出利迪出殡时会是什么样子：他的身体陷在一套尺寸太大的西装里，一条领带不合适地系在喉咙口，就连棺材的丝缎衬里也显得太压他的胳膊。

外面的院子里传来声响；金属撞击水泥的叮当声。卡瓦纳第一个站起来，其他人跟在他后面。女孩正坐在叉车上。她没有戴头盔，院子里的风吹乱了她的头发，一缕缕的深色头发在她的脸庞周围飞扬。她已经打开货车的后部，正在把一框框鱼做的饲料卸下来。

卡瓦纳像公牛一般穿过院子。女孩停下叉车，但没有下来。她的脸色在门廊的灯光下显得很苍白。“操你妈的贱货。”卡瓦纳咆哮道，开始把叉车上一包包的饲料抡下来，仿佛它们是棉花糖。利迪在远处观看。杰拉德跑去帮忙，不过女孩被阻止得很及时，所有的东西已经被装回货车上了。“我想着可以帮忙起个头，”她说，“天色不早了。”

“你觉得我是什么蠢货吗?”卡瓦纳说。

女孩的声音轻柔且克制，仿佛是在安抚一个小孩。“你当然不蠢，科里，”她说，“来这边，跟我聊聊。”她拍拍叉车的乘客座位。卡瓦纳转开视线，摇摇头。“我已经浪费了够多的时间。”他说着便开始朝货车走去。

女孩在后面喊他。“嘿，科里，”她说，“别这样。”她的声音变得低沉。“你还不能走，你还没见过银狐。”她从叉车里探出身子，影子从院子的一头一直延伸到另一头。“我们上个月从英国买来的。它们还是小崽子，”她直勾勾地注视着卡瓦纳，脑袋稍微斜向一侧，嘴唇微张，“去棚子那边，我给你看。你从来没见过这样的银狐。”

卡瓦纳已经走到了驾驶室的门前。他停下来，一只脚踩在车门踏板上。女孩坐在叉车里，再度拍拍乘客座位，还眨了眨眼。卡瓦纳似乎正在考虑。利迪一个人站着，盯着地面看。一度一切犹如定格了，只能听见风把养貂棚子的屋顶吹得咯咯作响，以及外面树林里一只小动物的叫声。然后卡瓦纳大步穿过院子，走向叉车，爬上驾驶座。他们开走了，女孩操控方向盘，夜风吹动她的深色头发，秃头矮壮的卡瓦纳坐在她旁边的位子上。叉车开到院子的尽头，消失在一些附属外屋中。

剩下杰拉德和利迪站在院子里。利迪看上去像是刚被撞击过。他一动不动，过了一会儿才弯腰驼背地往回朝房子走去。杰拉德刚要朝货车走去，却被门廊里的利迪叫住了。“你还是进屋来吧。”他说。

这一回，他们没去客厅，而是沿着走廊一路走进了一个贴着木头护墙板的小厨房里。一张桌子和两把椅子紧紧地贴着一边墙放着，贴着另一边墙安置着灶台、水池和一排不配套的厨具。厨房里还有一个堆着一沓沓报纸和各种缺口的陶瓷器皿的碗柜。空气中飘散着一股不新鲜的哈喇味。后门的一边摆着一个玻璃展示柜，柜子里有一只棕色的貂标本，固定柜子的大理石基座上刻着一些杰拉德不认识的字。貂标本后腿直立，露出牙齿僵硬地微笑着，两条前腿挠着空气。

利迪从水池下面的橱柜里拿出一瓶威士忌，用毛衣角擦了擦两只玻璃杯子。他在桌边坐下，示意杰拉德坐在他旁边。

“她走了五年了。”利迪一边倒威士忌，一边说。杰拉德起初没有听懂。他脑子里想的是跟卡瓦纳一起消失在附属外屋后面的女孩。雪白的胸脯，深色的眼眸。她的嘴巴，宽阔松弛；红色的嘴唇，这天晚上的早些时候她因为某件事情微笑时，舌头上的舌钉闪着银光。然后他意识到利迪正盯着挂在碗柜上方墙壁上的一张照片看。照片里的女人，身材高大瘦削，一头棕色的直发，手搭在一个女孩的肩膀上，女孩穿着一条参加圣餐仪式的连衣裙。“节哀。”杰拉德说，因为他想不出其他可说的话，而且他妈去世时，大家都是这么说的。

“哦，我不觉得哀伤。”利迪说，抓过威士忌酒瓶，又倒了一杯。“我为很多事感到哀伤，但这件事不算。”他的疲倦被愠怒所取代。“她自说自话去了贝尔法斯特。她告诉我说她会住在她姐姐那儿，但你能肯定有男人在等着她。那女人始终是这副腔调：她会跟你把黑的说成白的。”他的脑袋往前伸着，杰拉德能闻到他嘴里呼出的酸臭口气。“我叫她带着女儿一起走，”利迪说，“但她不愿意。”他放下玻璃杯，手掌朝上，摊开双手，摆出祈求的手势。“年轻女孩在这里能有什么前途，我问她，但她还是弃我们而去，丢下我和罗茜。”

罗茜。女孩的名字并不适合她，杰拉德想。这名字感觉太顺从，太驯服了。它适合一只装在柳条篮里被宠坏的贵宾狗，不适合一个舌头打钉会开叉车的女孩。利迪又喝了一些威士忌。“她离开时，罗茜才十二岁，”他说，“我对抚养小孩又懂什么呢？女孩子需要她的妈妈。男孩子不一样，男孩子能自寻出路，但女孩子需要母亲的引导。”

利迪晃着杯底的威士忌，陷入了沉默。杰拉德想站起来走开，但他明白他不能这么做。过了一会儿，利迪又说话了。“是这个地方造成的，不是吗？”他说，“她一直是一个轻浮的女人。从我把她娶进门的那天起，她的一只眼睛就瞄着大门，但我俩在她离开前一直处得不错。在这儿过了几个冬天后，就没有任何东西可以留住她了。”

利迪变得越来越焦躁，他的手不停地动来动去，差点打翻他的杯子。杰拉德则几乎没有碰过自己的杯子。他想到卡瓦纳和女孩在附属外屋的阴影里。他想知道银狐是跟普通狐狸一样，只是银色而已呢，还是完全不同的品种，他还想知道究竟有没有银狐这种动物。他想象银狐的幼崽在卡瓦纳粗糙的手里，想象卡瓦纳沉默敬畏地摆弄它们。

“她妈，是个不折不扣的婊子，但她妈会把她培养得更好，”利迪说，“罗茜是个好姑娘，一个斗士，但一个女孩子在这个地方能有什么前途呢？”

杰拉德明白自己应该说点什么，却又完全不知道该说什么。

“罗茜能行的，”他说，“罗茜是一个聪明的女孩子。”

利迪盯着他看，眼睛里布满了血丝。他所有的怒气都消失了，萎靡地坐在桌边。“她是，”他说，“她是一个聪明的女孩子。还是一个好女孩。”

他把杯子放在桌上，把脑袋埋在臂弯里。厨房里一片寂静，除了后门下面飕飕的风声，毫无其他动静。利迪发出一个奇怪的声响，一半是咳嗽，一半是啜泣。接着他又发出一个声响，这次它拖长变成了恸哭。利迪在哭泣，肩膀一颤一颤的，头顶有点晃动。杰拉德喝了一大口威士忌，感觉胃里一阵灼烧。此时利迪已经在号啕大哭了，脑袋依然埋在臂弯里。杰拉德把椅子往后推，站起来。他走到水池边，把他的杯子放在沥水板上。他最后看了一眼瘫坐在桌边的利迪，接着离开厨房，往回穿过狭窄的走廊，走到外面的院子里。

他走到小货车边，发现卡瓦纳把车锁了，拿走了钥匙。夜晚的凉意变重了。杰拉德想起来自己的夹克还在起居室里，他之前把它放在那里的，但他想到利迪在房子里哭，就决定不去拿。一个简易棚屋里亮着灯，但他尝试开门时，却发现门上挂着锁，棚屋伸出的屋顶下摆着一排大桶，他只能站在桶的旁边避寒。他的双臂环抱在胸前，希望卡瓦纳能快点回来。某个温暖的东西从他的腿边擦过，他看到一只猫从一个大桶的后面窜出来，飞快地穿过院子。

他把脸贴在棚屋的窗户上朝里看。屋内的墙上挂满了动物皮毛；几千块没有脑袋也没有身体的皮毛，四肢伸开被钉在木架子上。一条长凳上摆着一台有着长长银色锯齿刀刃的机器，旁边是一堆死貂。他注意到离自己最近的大桶散发出一股气味，便去揭开桶盖。桶里面装着被剥了皮的貂尸体，粉粉的，滑滑的，光秃秃的。他丢下桶盖，从窗边后退了好几步。

风中传来远处院子里的欢笑声，他看见卡瓦纳和女孩正坐着叉车回来。这一回，开车的是卡瓦纳，女孩坐在他的旁边，一只胳膊勾住他的肩膀。他们驶过挂满皮毛的棚屋时，放慢车速，朝他挥手。杰拉德从屋顶下走出来，跟在叉车后面，朝小货车走去。从山那边刮来的一阵毛毛雨，刺痛他的脸。卡瓦纳汗津津地红着脸跳下叉车。“给我们搭把手。”他看也没看杰拉德就说，于是他们一起开始从小货车上卸货。只穿着衬衫的杰拉德冷得有点哆嗦，但就像卡瓦纳不怕难闻的气味一样，他似乎也不怕冷。

杰拉德感觉有人碰了碰他的胳膊。女孩站在他身后，拎着他的夹克。她没说话，但杰拉德还是伸开胳膊，让她给自己套上夹克，让她拉起夹克的拉链，让她把夹克在他的肩头往下拉拉平。

之后，他们在院子里给小货车调头时，杰拉德发现利迪独自站在门廊里。杰拉德抬起一只手，挥了挥，但利迪没有挥手回应。女孩站在叉车边，两只手插在口袋里。小货车驶出院子时，杰拉德在后视镜里注视着她，看到她转身朝房子走去，看到门廊里的灯熄灭。

卡瓦纳没有说话，直到他们开到泥泞小径的尽头，重新驶上马路。“明天我要打电话给克兰西，”他说，“他欠我一些钱。到时我跟你结账。”

“没事。”杰拉德说。

他们沉默地开了一会儿，随着雨越下越大，车里只能听到雨刮器不停摆动的嘎吱声。“告诉我，”卡瓦纳说，“你见过银狐吗？”杰拉德摇摇头。卡瓦纳轻轻地吹了一声口哨。“漂亮的动物，”他说，“漂亮。你觉得它们的皮毛为什么是那种颜色？难道它们不就是狐狸吗？”

杰拉德耸耸肩，朝窗外望去。卡瓦纳滔滔不绝，越讲越起劲，手不停地在方向盘上动来动去。“它们也不完全是银色的，”他说，“你以为是银色的，但那颜色更像是……”他停顿了一下，目光扫视驾驶室——他老婆的照片，亚洲女人的照片，仪表盘上杂七杂八的东西。当他没能在驾驶室里发现什么新鲜玩意儿时，他心烦地咂了一下舌头。“它们是一种蓝黑色，”他说，“它们的尾巴和脸上有一些白色。小毛球一样的。”他突然又陷入了沉默，仿佛是说了什么让他自己丢脸的话。

开上主路后，小货车加快速度，一路朝南驶去。开了几英里后，卡瓦纳又开口了。“它们过的是什么日子？”他说，“六周断奶后就被装在笼子里送出去。”

驾驶室里很冷，杰拉德裹紧夹克。他把一只手放在口袋里，摸索自己的钱包，发现它不见了。幽暗的树木和沟渠在车子的两边模糊地掠过。风把各种形状不明的暗色东西吹到小货车行驶的路上，这些东西可能是活物也可能不是活物：各种渺小的夜行生物和飘动的落叶。他们驶过昏暗的小镇，驶过黑漆漆的乡村——唯一的光亮是平房窗户里闪烁的电视屏幕。卡瓦纳开始哼唱。一首西部乡村民谣的副歌部分，里面充斥着情爱和暴力，他一路哼唱，直到他们抵达班特里，在黑夜里驶上通往卡斯尔敦贝尔的沿海公路。

不是夹竹桃

火车在罗马东边的一个乡村小站停下来，车站上堆满了装着西红柿的板条箱。车门打开，一股混合着热气、汗臭和肉体的气味冲入车厢，令人作呕，像是肉刚好要腐烂的味道。坐在莉莉对面的年轻奥地利女人也闻到了。正在看笔记本的她抬起头，皱了皱眉，之前她也是同样疑问地、略带紧张地冲检票员皱了皱眉，虽然她有票，并且从火车驶离特米尼[①]后就准备好接受检票了。“夹竹桃。”莉莉说。火车呼哧呼哧驶进车站时，她看到铁轨的边缘长着一丛丛开满白花的夹竹桃，许多花瓣掉在轨道上。奥地利女人微微一笑，似乎松了一口气，仿佛这气味之前让她不禁想起了许多其他事情，许多黑暗阴郁的事情。她名叫埃塔，要去加里亚诺旅行两周。先前莉莉说到萨赫蛋糕时，她笑过，但不是不友善的嘲笑，当莉莉说没东西看时，埃塔给她一本书——一部法国小说的翻译本——并叫她拿着不用还。她二十五岁左右，是地热能源专业的博士生，她充满热情地聊自己的专业，直到她们转向更为容易的话题——意大利铁路的时刻表。这时她合上笔记本，把它放进有着无数拉链口袋的手提旅行袋里。一路上，每一个车站，每一次小停顿，她都会拿出笔记本，用工整的小字记下站名，仿佛它们是她寻找回家之路所需的石子。

她俩都要在罗科萨尔托下车，火车驶离罗科萨尔托前的倒数第二站佩罗利后不久，她们就聊了起来。埃塔的金发梳成一个马尾辫，她的眉毛也是金色的，嘴唇上还隐约可见金色的绒毛。莉莉看着她从手提旅行袋里拿出一面小镜子，轻轻拭去发际线周围的小汗珠。她的上衣从一个肩膀上滑下来，露出快戳破皮肤、跟鸡骨头一样细的锁骨。在罗科萨尔托车站的候车室里，她在跟莉莉隔着一排的长凳上坐下，拿出笔记本。搞不清楚她想不想要人做伴。她们在火车上的闲聊，虽然短暂，却挺开心的，非常开心，但现在莉莉怀疑她们闲聊开心恰恰是因为它的短暂，她怀疑自己应该独自离开。

候车室里除了一个带着三四岁小孩的女人，只有她俩。小孩从他妈妈的腿上滑下来，走到自动贩卖机前，踢了机器正面的玻璃一脚。收银台后面的男人站起来——莉莉以为他要骂小孩，但他却把收银窗口上的牌子从“营业中”换成了“休息中”，并拉起了格栅。片刻之后，他从屋子角落里的一扇门里走出来，稍微点了点头，便离开了。小孩躺在地上，打量着机器插在墙上的导线，不时拉拉它，用

① 特米尼是罗马的火车总站。

食指去戳戳暴露在外的断头。小孩就是这样的，莉莉想，小孩让原本已经危险的世界越发危险，但为什么除她之外却很少有人意识到这点？小孩的妈妈跳起来，重重地拍了一下他的腿，把他拽回到他们的座位边，小孩又爬上她的腿，开始轻轻地哭起来。

埃塔站起来，走过来。“你觉得他会回来吗？”她朝收银窗口歪歪脑袋，说道。

“我不知道，”莉莉说，“你需要买票？”

“不是的，但他们应该派一个人守在那里，不是吗？而且我想要拿一张地图。”她咬着下嘴唇，又皱起了眉头。莉莉不知道是否该请她坐下。火车上她们的相遇所带来的简单亲切的快乐，如今几乎将要化作尴尬。如果短时间内没有人来接她们中的一个，这种快乐将会被彻底毁掉。东西很容易就被彻底毁掉。

“这边，”莉莉掏出一份她在机场拿的地图说，“这你拿着。”

埃塔摇摇头。“谢谢，”她说，“但这张我已经有了。我想拿一张不一样的。或许他会回来。”接着她犹豫了一下，似乎没有继续凝视莉莉的脸，而是看向旁边的更高处。她又皱了一下眉头。“不要动。”她说，伸出胳膊用手指在莉莉的头发里拨弄着。当她把手抽回来时，拇指和食指之间捏着一片薄得透明的夹竹桃花瓣，那些花瓣在站台上被风吹得像五彩纸屑一般上下飞舞，还从门外被吹进候车室里。

“谢谢。”莉莉说。

“你的头发很漂亮，”埃塔说，“我在车上时就想跟你说，却没说。多么漂亮的颜色，犹如豆蔻。”然后她快步跑回到她自己坐的长凳边。

罗科萨尔托是一个没落的小镇，至少在火车站里能看到的街景是这样的：一排平顶小店，几个酒吧，一个烟草店。莉莉站起来，提着行李箱，走到候车室的门边。桑德拉是她俩中更有计划的那个，去年她们旅行回来，她就立刻预定好了今年的度假行程。她喜欢独辟蹊径，这经常意味着用破碗喝汤和睡上下铺。莉莉已经想好了桑德拉问她要回自己那一半钱时，她要怎么说，她还在一张卡片上把要说的话都写下来了。但桑德拉尚未问她要钱。

车站外的广场中央有一座喷泉：三个黄铜脑袋堆在一个大理石基座上。它暗示的不是荣誉，而是报复；砍下的脑袋被留在太阳底下暴晒，脑袋上的嘴巴微微张开，仿佛浇筑时它们正在大声呼喊。莉莉走过去，把胳膊浸在水里，来来回回地划水，水面上漂着一些泡水后涨开的烟头，它们犹如肚皮朝上翻着的蛆虫。水凉凉的，但她在水池边弯着腰，这个姿势让她的头发朝前盖在她的脸上，脖子后面却被太阳暴晒。埃塔已经走到候车室的门口，站在那里了。但她没有挥手叫莉莉，也没问喷泉怎么样，她只是靠在门框上看着。豆蔻。没人用这个词描述过她的头发，但现在她想了想，觉得自己的头发确实就是这个颜色。

一个男人推着婴儿车走进候车室。他从埃塔身边挤过时，婴儿车的一个轮子擦到她的一只脚，挂住了她的鞋子，鞋子卡在婴儿车底部被拖出去一小段距离。埃塔单脚跳着去拿回鞋子，她蹦跳的姿势很优雅，掉了鞋子的那只脚弯在身后，脚心朝上，让她看上去完全就像是一只火烈鸟。莉莉再度转向喷泉，又把一只手浸在水里划来划去。她三十九岁，饱经风霜，容颜沧桑。她最不需要看到哪个二十五岁、脸上尚无岁月痕迹、自以为美的人，她不想看到任何这样的人。她厌烦所有这一切。推着婴儿车的男人从候车室里走出来，带着三四岁小孩的那个女人也跟孩子一起走到外面，他们经过时，婴儿开始号啕大哭。

桑德拉和朱莉大概会生小孩。上个月桑德拉打电话来续一直登记在莉莉名下的停车证时，她就说了很多。她迟疑地用短句告诉莉莉，还不时停顿良久，仿佛怀都没怀上的孩子就得小心翼翼地伺候着。莉莉对孩子的事情毫不关心，也这么跟桑德拉直说了。孩子无关紧要。遗憾的是桑德拉没有在其他事情上表现得如此得体；比如，跟谁上床这件事。她们大可以生半打孩子，莉莉根本不会有任何想法；半打哭泣、呕吐、拉屎拉尿的孩子，一个接一个。事实上，她正是如此祝愿她们的，她俩都是活该。

一辆货车驶进停车场，车斗敞开着，一侧挡板的绿色比车子其他地方都要深，发动机罩上印着莉莉所住宾馆的名字。司机是一个身形敦实的四十几岁的男人，他从车上跳出来。“你好，美女。”他一边喊，一边朝广场对面的埃塔挥手，叫她过来。埃塔没有过去，只是在候车室门口改变了一下站姿，站得更直了一点。

“只有我。”莉莉说。

“不对，”司机用意大利语说，“两个人。”他从衬衫口袋里掏出一张纸，大声念出她的名字，接着又念了桑德拉的名字。

“我朋友没能来，”莉莉说，“她病了。”

“啊哈，”他说，“我深表遗憾。太遗憾了。”他朝候车室的方向扫了一眼。“那位小姐呢？”

“她跟我不是一起的。”

他耸耸肩，抓起她的箱子，一把扔到货车后面，仿佛箱子是一只挣扎的动物。他用防水布盖住箱子，并用粗绳子把它系住。驾驶室里，破损的车座上散布着香烟洞。驾驶室的空间很小——莉莉难以想象这能容下三个人。系安全带时，她看到埃塔肩膀上背着旅行袋，穿过广场，走向喷泉。司机把货车挂入挡位，其间他的手似乎好几次擦过莉莉的大腿，这是她的想象吗？埃塔在喷泉池边坐下，脚跟敲击着大理石池边。收银员还没回来，候车室两边的商家都已经派来了接送客人的班车。莉莉不知道她是否应该问埃塔，约定来接她的人有没有联系她。他们不会就这么把她一个人留在这里，会吗？她正要想办法摇下车窗时，司机却猛然启动，货车跳了一下，全速驶出了车站。

在镇外的收费亭，他在烟灰缸里翻找硬币时，胳膊一度搁在她的膝盖上。在自己国家，她算是肤色很白的；在这里，她的腿显得极其苍白，仿佛此前她一辈子都生活在地底下似的。司机名叫亚历山德罗，他跟收费亭的工作人员说了些什么，工作人员笑起来，接着扫了她一眼，仿佛是在看她会作何反应。他们驶入苍翠葱郁的乡间，长条的绿色草地上散布着一片片盛开的黄色番红花。他们驶进山里，穿过开满野花的牧场，一群群彩色的蝴蝶在挡风玻璃前猛冲而过。不时能看见有鹿出没的警示：标牌上画着小精灵大小的野兽，犹如小人国来的动物，跳在半空中。她把墨镜放在行李箱里了，即使闭上眼睛，也能感觉眼皮下有一片黄色的光晕。

“你的朋友，”亚历山德罗说，“她是病得很重，还是只是有点不舒服？”

“病得很重，”莉莉说，“非霍奇金淋巴瘤。”因为她在飞机上读了一篇关于这病的文章。不管怎么说，桑德拉是活该。

“天哪！”亚历山德罗说，接着摇摇头，“我为你感到难过，非常难过。”

他们在“野狼庇护所”的牌子处转弯，挂着这块牌子的房子是山区小木屋的风格，不像在意大利，倒让莉莉想起她曾和桑德拉一起度假的瑞士。作为停车道的粗糙碎石路上只停着三辆车。房前的露台上，摆着一些红色的塑料桌椅，桌椅上方的遮阳伞上印着一个冰激凌厂商的标识。她跟着亚历山德罗走进一个灯光昏暗的酒吧，酒吧长凳上的平绒坐垫都褪色了。角落里的一个桌子边坐着四个人——两男两女——正在分喝一瓶红酒，但似乎看不出有店员服务的痕迹。画着假雪的巨大松果球从天花板上悬挂下来，柜台后面的架子上摆着塑料麋鹿，金属丝彩条装饰，一套耶稣诞生场景的小雕像，还有其他一些过季的东西。

那些长在铁轨边缘臭臭的白色花丛不是夹竹桃。后来她发现，夹竹桃是一种完全不同的植物。首先，夹竹桃形体更大，墨绿色的长叶子质地类似皮革。它们的花形状独特，每朵有五片花瓣，长在表面像树皮的花柄上。换句话说，夹竹桃跟她之前看到的凌乱轻盈的白色花丛一点儿也不像。现在她意识到这点，因为亚历山德罗带她去看的卧室的墙上挂着一张带框的该地区动植物图片，那是一张科教风格的双语海报，就是各个讲解中心常见的那种。海报上画着几十种野花和田野上的小动物，手绘的花瓣、雄蕊和种子特写，细节极其精致，植物和昆虫之间偶尔会唐突地冒出一汪湖、一座山或一片屋顶全景，完全不考虑比例，仿佛是艺术家厌倦了全神贯注的凝视。

“房间不错，是吧？”亚历山德罗放下她的行李箱，用胳膊画弧横扫了一圈房间说。

她不知道该说什么，因为实际上，要是她说实话，那么房间并不好。狭窄的房间被漆成一种沉闷的黄褐色，粉刷的活儿做得仓促潦草，因为所有边边角角的黄褐色油漆都涂出界渗到了白色的天花板上——她猜想，这活儿是亚历山德罗做的。房间里有一张床、一个衣柜和一个洗脸池，但洗脸池周围的瓷砖都开裂了。喜欢复古风的桑德拉。她环顾四周，寻找卫生间的门，但这个房间没有自带卫生间。“很好。”她说。这倒也不是全然的谎言，因为窗外的景色美不胜收：横跨山腰的阴影，暮色渐近时多彩的天空，山谷中各个小村庄里星星点点的灯光。

亚历山德罗留她在房间里打开行李安顿下来，她仔细地端详海报，想看看她是否能找到那些不是夹竹桃的植物的真实身份，但海报上没有它们的踪影。真正的夹竹桃责备地盯着她看。这张海报让她想起寄宿学校里的一张海报，不过那张上面只有英语，内容不是植物，而是鸟。各类鸣禽、麻雀和鹰；海报的侧栏画着一个坦桑尼亚的毒湖，一群鸟把它误认为天空后，一头扎进去，变成了各种奇形怪状的木乃伊，如今学校已经不再允许出现这种令人毛骨悚然的画面了。她从行李箱里拿出几张湿巾纸，用力擦拭水池上她留意到的一圈污垢。她还擦了窗台，拂去了床边柜上的灰尘，她边擦边骂，全程都想着要是桑德拉在这里就好了。“好了，”如果她在，她会这样跟她说，“好了，瞧你选的地方。”

第二天早晨，她在餐厅的墙上看到了很多雪景照片，大部分都是从各个角度拍摄的宾馆木屋，屋子周围的树上都挂着雪，屋顶上压着厚厚的积雪。这让她想起维多利亚时期的圣诞卡，或雪景球里的蒙太奇图片。“冬天一定是美极了。”她对拿着甜腻咖啡和一篮面包走进来的亚历山德罗说。“是的，”他说，“一片雪白，非常漂亮。”他的目光落在她的腿上，眨了眨眼。他在桌子间走来走去，为其他客人服务时，她发现他在偷瞄自己。她在这个国家比在自己的祖国更有吸引力，这可能吗？欲望，至少在某种程度上，受到多变的地域差异的影响？

前一天晚上，她早早上床，却没睡好，半夜三点梦见埃塔依然惶恐地独自在火车站等候。她从床上爬起来，走到窗户边站着，这是一个错误，因为她一拉开窗帘便看到西面从罗科萨尔托方向吹过来的一团浓重的黄白色烟雾。她想象埃塔坐在喷泉边，灼烧的烟味让她皱起眉头。假如桑德拉在这里，她会说这是蠢出了新境界。她想起桑德拉曾有一次说她傲慢——但桑德拉自己才是极度傲慢，她把宇宙的每个小颤动都诠释为跟她的生活、跟她的需求、跟她的作为或不作为息息相关。与你无关，桑德拉会说，莉莉一直觉得这点特别不公平，因为她从来没觉得与自己有关——已经很久没有任何事情跟她有关了。这时她意识到自己看的不是西面，而是东面，罗科萨尔托完全是在另一个方向，于是她爬回床上，断断续续地睡到天亮。

早餐后，她拿着埃塔在火车上给她的书，决定去外面看书。这是一本薄薄的书，才一百页，埃塔说她觉得莉莉会喜欢。踏上露台，犹如走进烤箱，但空气很清甜，松针的香气和野花的气味混在一起，绿色的草地上不时绽出一片紫色、黄色和蓝色。当她走到旅馆的后面，寻找一处可以坐下的地方时，她才闻到了另一种气味，就是昨天闻到的那种发酵的酸臭。她循着气味发现了一丛矮胖茂密的小树。无花果树。树上没有任何花，只有未采摘的无花果在树上等着掉下来腐烂。她从一根树枝上揪下一个果子，咬了一口。味道又苦又怪，她立刻把它吐在地上。无花果树丛的后面是一段混凝土台阶，通往一条静止的上山索道，挂着连在一起的金属吊椅的索道链消失在上面的山腰处。她爬进一个吊椅里，坐下来，面朝山顶，背对山中木屋。她的腿前后晃动，掀起一股怡人的微风，她翻开书。

就在那儿，书的扉页上写着“乌尔丽克·埃塔·多恩”，还有一个电话号码。她把书捧到眼前，凑近细看字迹。字写得很潦草，笔划有点抖，仿佛是匆忙中写下的，这时她想起来她曾离开座位去问检票员一个问题。埃塔硬把这书塞给她——请你一定收下，你一定得拿着——她自己则在候车室里犹豫不决，失礼地离开，她俩算是扯平了。她拿出手机，拨打了扉页上的电话号码。终于，埃塔用德语应答了电话。“嗨。”莉莉说，然后意识到这是埃塔的语音信箱，便挂断了。她本该预料到这点的。她本该想好要说什么，并把它们写下来的——难道桑德拉还没让她领教够吗？但她没有笔。“嗨，”第二次听到语音信箱的提示声时她说，“很抱歉我上车走了。我希望你一切都好。”她开始报自己的电话号码，但一结巴，忘了自己说到哪儿，且没办法继续说下去，就又挂断了。

出租车司机叫她重复了两次小镇的名字，仿佛他肯定是听错了。她的导游书形容小镇位于一片轻工业区，在平原的一片低洼处。“平原”其实是“丑”，因为这里没有漂亮的农庄，没有古朴的牧羊人住的小屋。只有成片的太阳能面板、汽车销售店、各种喷出蒸汽的工厂。而且这地方远比她想得要远，车子要开一个多小时。她在路上一目十行，速读了埃塔给她的书。考虑到埃塔极可能还活着，她还搜索了地热学信息，并背下了几个短句。当然，找准语境有点棘手，她必须注意上下文，最好不要把事情搞混，否则又要重复夹竹桃的错误。

加里亚诺的入口处有一道垮塌的石头拱门，它过去一定是城墙的一部分，但现在除了几道接近碎石堆的石头矮墙，城墙已经所剩无几了。埃塔没有提到她住宿宾馆的名字，但结果莉莉发现这里也只有一家宾馆，它是一栋丑丑的现代建筑，位于小镇主街的中段。莉莉刚付完钱给出租车司机，司机还没开走，她就看到了她——埃塔——她坐在人行道上的一张桌子边。她不但没死，还看起来很好，实际上好得不得了，她看起来很美。她看起来还有点不一样了，尽管很难准确地说出究竟是哪里不一样了。可能是，更镇定，没有那么无助了。或许无助只是莉莉之前的想象？跟昨天一样，她正在同一本笔记本上写字，但今天她的手腕动作显得更坚定、更自信了。“哦，嗨。”她抬头看了一眼说，接着她眉头一皱，但这次她的皱眉表情完全不同于莉莉记忆中火车上的那次。“我以为你住在山里呢。”

“我之前是，”莉莉说，“现在还是。我住在奥温多利。”

“那不是很远吗？”

“是的，”莉莉说，“我想是的。”

“你在这里干什么？”埃塔说。

“我打过电话，”莉莉说，“我试着给你打过电话。我留了言。”

“你给宾馆打过电话？”

“不是，我给你打过电话。我留了言。两条留言。”

埃塔又皱起眉头。“但你是怎么知道我的电话号码的？”她从身边的桌子上拿起电话，摇摇头。“没有留言。”她说。

桌子位于遮阳篷下的庇荫处，但莉莉却是站在大太阳底下。出于虚荣，她没戴帽子，她想要秀出自己的头发——豆蔻色——现在她能感觉到自己头顶的灼热。她试图把谈话进行下去，她说：“我很喜欢你给我的那本书。”

“我猜你会喜欢的，”埃塔说，“我觉得这书有点老派，但我妈非常喜欢。我就想你可能也会喜欢。”

“这样啊。”莉莉说。实际上这书糟透了，她都没能看明白。这时她从包里拿出书，翻到扉页。“对了，”她说，“我是从这儿知道你的号码的。我确实给你留了言，但是……”

埃塔大笑起来。“哦，这是我妈的号码，”她说，“她在她所有的书上都这么写。不要问我为什么。”她停顿了一下。“那么你在这里干什么？”

如何解释这点呢，甚至该如何对她自己解释呢？希望，她或许可以这么说，如果她尝试的话；希望永远胜于经验。这是一点，如果她说实话，那么还有一点就是这个年轻女子身上的特质让她想起桑德拉；火车上埃塔刚在她对面的位子上坐好，她就注意到了；不是像近来的桑德拉，而是像以前的桑德拉。她环顾四周，看看有什么看似合理的目的地可以充当解释，她看到一家保险公司、一间干洗店、一家银行。“我是来见你的。”她说。

即使到了这个最后关头，还是有可能挽救些什么的。可以去参观一下石头拱门，她俩可以一起破译入口处上方的刻字；或许可以在宾馆酒吧喝一杯咖啡。人生，说到底，主要是拯救的艺术。但埃塔还太年轻，太毫发无损，尚未认识到这点，她突然反应过来神情一变。“哦，”她说，“我明白了。”接着她又说：“我跟别人有约了。”

“好的，”莉莉说，“当然了。”

然后埃塔紧闭嘴唇，低头看她的笔记本。一缕金发像切纸机一般朝前垂在纸页上。今天她穿了一件挂脖款上衣，再度露出美丽的锁骨：纤细得犹如一捏就会断，就这么生生地露在外面，让莉莉想要伸手去拉她的上衣把它们遮住，莉莉想要告诉这个懵懂的年轻女子，任何可以看到的东西都可能被破坏。她在桌子边站了一会儿，当埃塔不再说话时，她转身走到街道的尽头，她能看见出租车司机在一个小亭子前买香烟。离他将她送达，才过了不到五分钟。

那么倒回去，上午在卷轴上倒转，回去再穿过垮塌的拱门，经过喷出蒸汽的工厂，汽车销售店，成片的太阳能面板。灰尘从晒枯的路边植物上扬起来，变成细霾落在出租车的挡风玻璃上。路面在热气中闪着微光。高速公路旁的一片田野上有一些公元三世纪罗马人定居地的遗迹——她记得她的导游书盛赞其排水系统的先进复杂性。他们驶过一片只有一些零星石块的田野时，她想它们一定是管道设施，某种管道遗迹。“在这儿停一下。”当她发现一条徒步路径的指示牌时，她对司机说。这时，他们已经能看到宾馆木屋了，她完全不愿应对亚历山德罗问她为什么那么早就回来了。

她走在徒步路径上，太阳暴晒着她的胳膊、双腿和肩膀。植物的芒刺和汁液带着种子和花瓣，粘在她的皮肤上。树林里，树冠提供了一点遮阴。这里的地面跟燧石一样干燥，脆硬的松针在地上散发出一股干热。让人感觉犹如走在一床火柴上面，如果它们突然在她脚下烧起来，她也不会大吃一惊。她走到一块许多树已经被夷为平地的开阔处，这里的森林地面斜向一个山洞口。一根木梁支撑着入口，有两个人分别把他们名字的首字母缩写 AL 和 RP 刻在木梁上，也可能是他俩中的一个把它们刻在木梁上，另一个则无动于衷地在旁边看。她认出来导游书也提到了这个地方。这个山洞是战争时村民们的藏身之地，现在变成了神龛；她记得导游书里有一张故作风雅的残烛照片，玻璃烛罐的底部有一点凝固的灰色烛蜡。

她蹲下来，朝里面看去。山洞里并不是完全漆黑一片；狭窄的坑道向上延伸，制造出一道道光亮的小沟。洞壁上钉着一片片方块布料，它们都是从生病的人、垂死的人和死掉的人穿的衣服上剪下来的。她应该走进去，她认为，她应该尽量好好探索这个因为桑德拉她才会来的地方，但她却在一棵树下就地坐了下来。她甩掉凉鞋里的松针，拂去粘在衣服上的碎草。她把头靠在树干上，闭上眼睛。之前丢脸的感觉消退了一点。当然了，它还会回来的，耻辱感总是这样的，它会在记忆的长草里等她。但此时，树叶滤过的光线，松针散发出的浓烈香气，都带来一种宁静的氛围。

她眯了一会儿。醒来时，她发现太阳不知怎么地穿透树叶的屏障，已经把她一只胳膊上的一块皮肤晒红了。她打开包拿防晒霜，然后就看到了它：埃塔的书，更准确地说，是埃塔妈妈的书。她为什么不把它留在加里亚诺呢？她把书拿在手里，小心翼翼地翻过来，仿佛它会烫伤她似的，她立刻意识到自己永远不会再买封面是这种蓝色的书，同样也不会再买从法语翻译过来的书。也不会再买萨赫蛋糕或豆蔻。太多东西不可挽回地被破坏了。

她站起来，绕着树走到另一边，把书竖起来靠在树干上。但这么做是乱丢垃圾，不是吗？她又把书捡起来。她可以把它留在山洞里，她想，放在所有那些难看的蜡烛罐旁边，假装它是某种祭品，但某个瞎热心的人可能会发现它，并企图将它物归原主。她想象热心人的胖手指在电话上按埃塔妈妈的号码。她走到离山洞有一点距离的地方，用凉鞋在地上蹭出一小块没有松针的空地。一根尖头树枝看起来可能有用。她用它戳戳地面，但没戳出什么效果，于是她更用力地戳，直到它断掉。然后她用一块石头试了试，石头更好用一点。她双膝跪地，开始挖土。当她挖到一条根茎时，就把石头扔到一边，用手去拽，拽断根茎后，她把它掷到一边，轻轻地发出一声胜利的欢呼。

她继续用手挖，直到她意识到自己看上去一定像是一只蹲在泥地上用爪子挖土的动物。她快速站起来，扫视四周，仿佛有人在看她、笑话她——蠢出新境界了！但周围只有树，高大神秘的树。她停止挖土后，周围一片寂静，只有一只鸟在她头上的树枝上跳来跳去，鸟爪几乎觉察不到的移动就像是在划小火柴。她感觉到汗水从脸上滚下来。

她把书放在洞里——尽管与其说它是一个洞，还不如说它是一处凹陷——在上面堆起松针。当她退后几步站着端详时，她想，这样处理可真寒碜。毫无疑问，夜色降临后，狐狸或其他野生动物会来到处闻；它会闻到她的气味，满怀希望地狂热乱刨，以期挖出一些血腥的东西。她想象书被肢解，书页从书脊上掉下来，散落在林地上，蓝色的封面上满是小小的齿印。

她找到一条走出去返回草地的路径，但终点不是她之前进来时的起点。微风中，青草在一大片深绿色、浅绿色和各种银色中泛起阵阵波纹。她能看到不远处的宾馆木屋和一个人——她猜想是亚历山德罗——那人正站在露台里的一架梯子上干活。更远处的山上，五六匹马正在吃草。她跟桑德拉一起看的最后一部电影是以中世纪的法国为背景的，里面的马都是全副武装用来打仗的——巨大的末日战马披着联合旗，在鹅卵石街道上气势恢宏地飞驰而过，汗水在它们的肋腹上闪着光。这些马一点也不像电影里的战马。大部分都根本不是大马，而是毛发杂乱的矮种马。有一两头可能是驴子。

它们似乎不约而同地从草地上抬起脑袋，凝视前方。它们盯着她看的意图，以及它们站在那里专注庄严的姿态，让人动容，仿佛它们一直在等待，仿佛她从树林里走出来是在召唤它们去完成一个不一样的、更加高尚的使命。她也盯着它们看，保持不动，纹丝不动，甚至连吸气呼气都尽量不出声。然后她意识到它们不是在看她，而是在看她的身后。一个身影正拎着一个桶上山。他朝上走了一段距离，停下脚步，把桶放在地上。他用双手在嘴边围成喇叭形，开始大喊。马匹们快步走起来，接着开始小跑。然后它们飞奔下山，蓬乱的鬃毛在空中飞扬，尾巴直直地飘在身后。山坡顺势而下，现在它们飞奔起来，发出嘶嘶声，喷着鼻息，高声嘶鸣。它们飞驰而过，踏烂了路上的雏菊、勿忘我和金凤花。它们从她身边掠过时，她退进树林里，躲避马蹄乱踩扬起的一团团黄色的尘土。

剪 影

她母亲住的是二楼的河景房，能看到河对岸的可口可乐罐装厂，一行行排列整齐的红白双色卡车从远处看就像是孩子的玩具车队。艾琳本来计划在周五晚上宣布她的新闻；那样的话，就算情况不妙，她母亲也能在艾琳周日离开前有时间消化它。但希思罗机场的大雾延迟了她的航班，接着在科克时租车柜台前要排队，而且一张表格又有点问题，于是她抵达养老院时都快晚上八点了。

“艾琳，”她母亲说，“你迟到了。”她母亲被枕头撑着坐在床上，纤弱的身形几乎都没让枕头有所凹陷。埃莉，养老院的另一个住户，坐在她床边的椅子上，那也是房间里唯一的椅子。埃莉个高肩宽，白色的鬈发又给她的身高增加了几英寸，当她在椅子里俯身向前时，她几乎完全遮住了艾琳的妈妈。

“对不起，”艾琳说，“我的航班延误了。”但她母亲和埃莉已经重新开始她们的谈话了。她们是在聊新来的足病医生，说他用起浮石来手脚挺重的。她妈的问题，远超过了足病医生的诊疗范畴，她得的是绝症，但她讨论老茧这个话题时依然非常投入，投入到令人不安。艾琳走到窗户边站着，等她们说完。她们的交谈有一种奇怪的气场——有礼得体，却又隐隐地互相恶毒贬损，就像小孩偷偷地抠结痂。一瞬间她意识到，假如她在这时宣布她的新闻，埃莉在场很可能会缓和她母亲的反应。倒不是说她母亲反对有外孙外孙女，艾琳的姐姐珍妮特已经有四个小孩了，但艾琳怀孕的情况——四十三岁，意外怀孕，胎儿的父亲是她的已婚同事——不是她母亲希望的样子。

这家养老院曾经是女修道院，保留了一种与世隔绝的感觉。牢房一样的单人间像豆荚似的分布在狭窄的走廊两边，她母亲床后面的墙上有一处奇怪的长方形凹陷，好像那里有一扇门被墙纸糊了起来。通常她从伦敦回老家时，会住在她母亲位于巴利菲哈尼的房子里，现在那房子空着，只住着一只托付给邻居们喂食的猫。但这周初，她的姐姐珍妮特打来电话说，这一次艾琳应该订一个宾馆。现在她们母亲的房子里有一个租客，因为珍妮特直白地说，母亲也不会搬回去了。艾琳想象一个陌生人，一个女孩——小心地从房子的一头走到另一头，逐一打开各个抽屉——不知怎么的，她确定新租客是一个女孩。“我猜想被入室盗窃就是这种感觉。”她对珍妮特说。

珍妮特叹了一口气。“这跟被入室盗窃完全不是一码事，”她说，“你为什么要把每件事都想得那么戏剧性？前两天晚上，我还跟妈这么说来着。”

“那么妈妈知道？”

“房子的事情？哎呀，当然不知道！我们是在说别的事情。”

“那么我的东西怎么办？”艾琳说。她想象女孩的模样——现在她的形象更清晰了：金发，骨架纤细，穿着打扮像一个身手敏捷的飞贼——她找到艾琳十几岁时写的日记，还有忘记在晾衣柜[①]里的褪色内衣。

“你二十年没在那个房子里住过了，”珍妮特说，“你还能有什么东西在那里？如果这能让你感觉好过一点的话，我把一个熔岩灯和一箱装饰品搬到了上面的阁楼里。”

五月末，傍晚的天色依然很亮。外面的庭院里，灌木丛修剪得整整齐齐，下面靠近河岸的地方是一片荆棘和一堆堆发酵的碎草屑。自艾琳上个月的探视以来，洪水已经冲走了一部分边界围栏，有人把一根蓝色长绳绑在缺口两端的两根栏杆上，像一道终点线一样挡住了缺口。这是在玩命，艾琳认为，像这样的地方这么做完全就是不负责任。她想象她母亲和埃莉，互相紧挨着，滚下山，头着地，长着老茧的脚跟朝天，摔进河床里的黑泥里。

终于，埃莉站起来，拾掇好睡袍，拖着脚朝门走去。她在门口停下来，一只手抬到屁股的高度，算是道别，但

① 晾衣柜又称烘衣柜，是爱尔兰家庭里用来安放热水器的柜子，柜子里通常会有一些板条架子，可以把衣服放在架子上，利用热水器散发出的热度烘干衣服。

她的表情是那么烦躁，很容易让人以为她做的是一个威胁的手势。当艾琳在空出的椅子上坐下时，它依然留有埃莉的余温，她脱掉外套，把它折好放在屁股下面当坐垫。

“我认识利斯卡罗尔所有姓丹尼希的人，”她母亲说，“他们中没有一个是牙医。”她一只胳膊的内侧有一块在医院打点滴留下的毛细血管淤青。“有一个姓丹尼希的是个还可以的兽医，”她说，“算是兽医，但从来没谁是牙医。”这是她母亲最新的消遣：细查埃莉的祖上。牢记每一则新信息，埃莉不在场时详细分析，拿出通常用来对付战犯的顽强劲头，穷追猛打任何细微的不一致。她母亲的手在不知不觉中伸到了毯子的外面，上下拍打着床沿。“前两天晚上珍妮特给我带了一本书……”她说，“你最好把它拿走。”这本书是《长路》①，艾琳觉得选它给绝症病人看很奇怪。书掉在地上，艾琳把它捡起来，放回到带锁的储物柜上。“你走的时候把它带走，”她母亲重复道，“东西在这里只会不见了。”她朝埃莉房间的方向翻翻白眼。

走廊里传来一阵橡胶鞋底和手推车滚轮摩擦地面的声音。一名身穿蓝色护工制服的年轻女子把手推车停在门口。“咱们今晚感觉怎么样？”她踩着嘎吱作响的脚步走进来。她抬起艾琳母亲的手，把一只手指按在她的手腕内侧。她的手指又圆又胖。艾琳母亲的皮肤几近透明，青色的血管

① 这里应该是指美国小说家科马克·麦卡锡在2006年出版的小说《长路》。小说讲述了一对父子在灾后绝境中走上艰难求生路的故事。

在皮肤下面犹如蜿蜒的小河。

“多琳，”她母亲说，“这是我的另一个女儿，艾琳。”

多琳放下她母亲的手，从制服口袋里掏出一支笔，填写夹在床尾的表格。“女儿？”她一边说，一边翻开一头的毯子和被单，“哎呀，你俩看起来可以做姐妹。”

艾琳有点生气，但立刻又感觉内疚，她母亲至少有权听到这些奉承话，有权享受这个显而易见的小谎话，难道不是吗？她看着多琳把一只手放在她母亲的背上，把她身体翻到一侧，同时用另一只手把床单拉平。多琳最多也不可能超过三十岁，但她弄起艾琳母亲来非常自信：轻松，淡然，动作随意，仿佛这是她每天都做的事情，当然实际也是如此。艾琳突然感觉非常疲惫；疲惫且无能。如果她能把婴儿掏出来，她现在就会那么做的。她会把红红的、滴着体液的婴儿递给在床另一边的多琳。多琳会知道该怎么办。而且这时她明白，今晚她没办法告诉她母亲孩子的事情；任何时候她都没办法在这个半是汽车旅馆半是太平间的奇怪地方跟她母亲说这事。

“我想明天我们可以开车去兜风，”多琳一走，她就说道，“就你和我。我想我们可以去海边。”

“我可以叫珍妮特开车载我们。”第二天早晨，当她们站在养老院的门廊里时，她母亲说。她一边说，一边拍拍脖颈后面冒出来的银色鬈发，这是她紧张时的习惯举动，艾琳小时候她就这样，不过那时她的鬈发是棕色的，发量也更多。

“我会开车，妈。”

“珍妮特不会觉得麻烦的，”她母亲盯着停在马路牙子边的汽车说，“她二十分钟后就能到这里。”此时艾琳明白她母亲已经问过珍妮特了；艾琳开车可能带来的危险已经被像描述大灾难一般讨论过了，她母亲所有的问题，乃至她的疾病所构成的威胁都不如她从伦敦来的女儿开一辆租来的菲亚特。艾琳提醒自己一定不要跟妈妈吵架，于是她什么都没说，只是挽起她母亲的胳膊，扶着她走到车边。

她们往南沿着海岸线开，路的一边是大海，另一边是开满金雀花和初夏肆意生长的繁茂绿草的沟渠。昨晚，在城市边缘的一家三星级宾馆里，艾琳拿出地图，决定她们今天要去考特麦克谢里①，她母亲的娘家在那里，她母亲小时候每年夏天都去那里度假。她母亲不是一个很好的副驾，她们的车子每次在街角转弯，她都会将身体展平，背部紧贴座位。假如她们超过一辆小货车，她就会用手捂住喉咙。她自己不会开车，也没准备相信艾琳会开车。

珍妮特发短信说她会在金塞尔跟她们碰头喝咖啡。难道珍妮特就不能让她跟她们的母亲单独度过这一天吗？艾琳想。但完全没办法好好地跟珍妮特说明这点，说了就不

---

① 爱尔兰科克郡的一个海边村庄，位于爱尔兰的西南海岸。

可能不以吵架收场，所以她说好的，当然了，好的，请加入我们。艾琳和她母亲先到咖啡馆，在窗边的一张桌子旁坐下。艾琳点了咖啡和一块司康。她母亲点了一壶茶和一个煮鸡蛋，虽然煮鸡蛋并不在菜单上，然后她去了洗手间。艾琳翻看起一份当地的报纸。她发现自己在最近几周里的一个变化，她的目光会落在以前略过不看的内容上，现在她注意到了一篇关于小育婴舱的文章，讲的是在德国妈妈们可以把婴儿留在这类育婴舱里。她想象它们类似于她办公室外的衣物回收装置。婴儿们翻倒在一堆暖暖香香的其他婴儿中间，晕乎乎、软绵绵地沉睡着；婴儿们扑通一声掉进温暖的黑暗中，偶尔脑壳像鸡蛋一般轻轻地开裂。

她听到洗手间门后传来干手机低沉单调的响声，一种闷闷的嗡嗡声，像是一只被困在窗帘褶子里的蜜蜂。它停下，又响起，接着又停下。她母亲用擦手纸擦着手，走出来。“我不懂为什么他们要装那些东西。”她说。现在她听上去放松了一些，或许她们毫发无损地抵达这里的事实让她感到振奋。她从手提包里拿出一个塑料小瓶，在掌心里摇出一粒蓝色的圆柱形药片。她把药片放在舌头上，喝了一大口茶，脑袋猛地朝后一仰。她把一张纸巾在嘴唇上按了一会儿。

珍妮特的车子在外面停下。基思——珍妮特最大，也长得最像她丈夫理查德的孩子——坐在副驾驶座上，她的另外三个孩子都被绑在后座的儿童座椅里。珍妮特来回看前后两辆车子的保险杠，花了一会儿工夫才搞定侧方停车。然后她在驾驶座上扭转身体面朝后座，艾琳猜想她是要吼孩子，因为她似乎经常吼他们。但这次，她却从车内地上的某处拿出一袋多种口味薯片组合包，开始分给孩子们吃。她下车，锁好车，快步走上咖啡馆的台阶。“我找不到保姆，”她说，“但我们不会在外面太久，不是吗？”

现在艾琳看见她母亲和她姐在一起，她能看出一种她之前没注意到的相似——她们的鼻子和下巴，有些方面很像。珍妮特的四个小孩在车里看进来，视线盯着他们的妈妈、阿姨和外婆。大一点的小孩熟练地用小手往嘴里送薯片，小婴儿则拽着奶瓶上的奶嘴。珍妮特发胖的速度似乎跟她们妈妈老缩的速度一样。她的毛衣，就是艾琳前年圣诞节送她的那件，至少小了两个尺码。珍妮特在她母亲旁边、艾琳正对面的椅子上坐下来。“你在伦敦过得怎么样？”她说。

“怀孕了，”艾琳想说，“我在伦敦怀孕了。”但她没有这么说。她好奇珍妮特知道这个消息会作何反应；至今为止，怀孕是珍妮特的领域。但珍妮特没有在听她的回答。她在看外面的车子，基思正在给小婴儿强喂薯片。“我要狠狠地教训他。”珍妮特喊道。咖啡馆里面，谈话逐渐中止，但外面，小孩们却不管不顾地继续打闹。珍妮特跑到外面，猛拉锁着的车门。她在口袋里摸索被她留在咖啡馆桌上的车钥匙。“打开车门。”她尖叫。

艾琳的母亲像斗牛场里等待主节目开始的观众一样，无动于衷地旁观着。“她发胖得厉害，”她说，“她过去没那么胖的。”

这时艾琳才注意到她们桌子上方的窗户敞开着。“她得注意点，”她母亲说，“否则理查德会变心的。我总是对她嫁给一个比她小的男人有所疑虑。”

艾琳站起来，将窗户拉上，但为时已晚。“他只比她小三岁。”她说。

她母亲似乎把这句话视作支持。“好吧，没错，但三岁就是三岁，”她说，“而且他是一个男人。男人是不一样的。”她们点的东西被送上来了，她拿起她的煮鸡蛋，开始用勺子轻快干脆地敲击蛋壳的各处。外面，孩子们已经打开了车门，现在珍妮特一半身体在车内，一半身体在车外，正在挨个打孩子，除了小婴儿外的所有孩子；她用力打他们，让艾琳本能地用手护住了自己依然平坦的肚子。

她母亲咬了一大口鸡蛋，接着放下勺子。“她以前是多么漂亮啊，”她说，“她自暴自弃了。”确实如此，艾琳看着她的姐姐想道，珍妮特过去很美丽。“留住一个男人的心不容易，”她母亲继续说道，“她得小心点。稍微注意一下她自己的形象。”艾琳三岁时，她们的父亲就去世了，所以她们的母亲并不需要长久操心如何拴住他，但艾琳没有把这话说出口。珍妮特猛地摔上车门，开始往回朝咖啡馆的入口走。

“是因为孩子们，当然了，”艾琳的母亲说，“孩子们会让你变成那样。”

珍妮特在咖啡馆的门廊里逗留了一会儿。她好像是在端详告示板上的海报，它们都是本地筹款活动、体育比赛和寻找走失宠物的广告。当她最终回到桌子边时，她的眼圈红红的。

“你得让理查德跟那小家伙谈谈，”她母亲把头歪向车子的方向说，此时受罚的基思正在副驾驶座上大哭，“否则他只会变得更坏。最好把坏苗头扼杀在萌芽之中。”

艾琳想象珍妮特把她们的母亲放在小育婴舱里，然后逃跑，她们的母亲像一块地毯一般卷起来，脑袋卷缩进肚子里，咕咚一下几近无声地轻轻摔在地上。接着，仿佛她们之前谈论的是完全不同的事情，仿佛珍妮特没有在她身边偷偷地抽鼻子，她们的母亲看着桌子对面的艾琳说：“记得小时候你的那些玩具娃娃吗？”

“记得。”艾琳说。很难知道她母亲这是要说什么。

“我前两天刚好想起它们，”她母亲说，“你十二三岁时还在玩它们。我以前经常担心这点。那时我以为你可能脑子有点不行。”

“我是收集玩具娃娃，妈。当时很多小女孩都收集娃娃。”

“是的，”她母亲说，“你说的大概没错。”她点点头，但动作很慢，仿佛三十年后的现在，她依然不完全相信这个说法。“很可能是这样。”

她们跟珍妮特和孩子们道别，离开咖啡馆，继续往南开，直到她们抵达考特麦克谢里，蜿蜒的海湾里，海浪白沫滚滚，船只在码头边上下起伏。这里有一小片公共海滩——一块狭窄的卵砂石海滩；远处，一排岩石和一座低矮的沙丘后面有一个宾馆。从公共停车场去海滩需要走一条带坡度的小路，艾琳帮她母亲下车，挽着她的胳膊一起沿着小路走。她母亲走得既慢又小心，眼睛一直盯着沙路上她自己的脚。十几个老年妇女聚集在海岸边，艾琳猜想她们是酒店的住客，因为她们都戴着一样的红色泳帽。她们正在看一个年轻得足以做她们孙子的男教练示范划水动作。艾琳想好了今天要跟她母亲摊牌，然后仿佛是天遂人意，她看到水里有一个孕妇。她巨大的肚子很是碍眼，甚至有点不雅，仿佛皮肤下面存着一张她受孕的全息图。当她朝岸边游的时候，一条海草漂到她的路线上，她用力把它扔到一边，划水的节奏一点也没受到影响。她让游泳看起来是如此轻松，如此毫不费力，艾琳想。她不会感到惊讶，假如这一刻胎儿从孕妇的肚子里游出来，没有挣扎，没有痛苦，一个闭着眼睛的小东西，像水母一样在海浪上跟着游。“她得小心点，”艾琳的母亲说，“她是孕晚期了。我是她的话，会有点担心的。”

“她肯定没事的，”艾琳说，“她看上去是一个很会游泳的人。”

“至少，她年轻，”她母亲说，“那是她的优势。或许有点太年轻了。我怀疑她是否有老公。”

她们走到一堆平坦的黑色岩石边。她母亲的步伐更慢了，呼吸也更为急促了。艾琳看看她，觉得她似乎自她们早上离开后就在缩小。她不知道这趟旅程是否是一个错误。但出发前她问过养老院的女主管，女主管说应该没问题的，还补充她已经跟珍妮特说了同样的话——让艾琳觉得她有些唐突。她扶着她母亲在岩石上最平坦的地方坐下休息，她们坐着看了一会儿远处的大海，以及那些胳膊下夹着黄色浮力装置、现在正越游越远的老年妇女。

“我在担心。”她母亲说。

艾琳等着没接话。这些年来，她母亲已经把担心的阈值降低到让人不可能猜到她下面会说什么的地步。

“关于……你明白的……”她母亲说，“关于将会发生什么。”

“什么时候将会发生什么？”

“你明白的……”她母亲说，“最后将会发生什么。”

这是她母亲第一次提到她很快会死，至少是第一次直接提到。“我害怕到时会没人在那儿。”她说。

艾琳以为她们会开始一场精神性的探讨，但她母亲却说：“你不在，珍妮特不在，没人在。”她紧紧握住艾琳的手。“上周底楼的一个男人死了，”她说，“埃莉告诉我说最后他们连一根血管都找不到，他尖叫了一个小时，救护车才来。”

艾琳想到孕期聊天室里各种吓人的产钳、侧切和三十小时生产的故事。“妈，”她说，“不要那么说。你知道我会在的。”

“你不会。你会在伦敦。”

“他们会联系我的……”艾琳不确定何时他们会联系她。因为，此时此刻，从这一分钟到下一分钟，他们怎么会知道，真正地知道，最后是哪个时候呢？“他们到时候会联系我的，”她说，“而且无论如何，珍妮特都会在的。”

“珍妮特有点不对劲，”她母亲说，“我不知道是什么事情，但有事不对劲。我很担心。”

艾琳伸出胳膊，握住她母亲的手。海岸的更远处，一名风筝冲浪者在水里划出一道白色的水波。艾琳的目光追随着冲浪者上方天空里红色和橙色交织的风筝，仿佛答案——她接下来需要跟她母亲说的话——能在那儿找到。她们沉默地坐了一会儿。最终，艾琳想，这是她和她母亲能为彼此提供的全部：一起害怕，互相慰藉。

“我注意到你车里有一个照相机，”她母亲说，“我想要你给我拍张照片。”

在巴利菲哈尼的家里，总共只有两张她母亲的照片：一张是她婚礼那天拍的；另一张是更早的时候在一个表姐家的客厅里拍的，当时她母亲还是一个穿着格纹连衣裙和短袜、头路整齐得像是用刀分出来的女孩。“好的，当然了，”艾琳说，“这儿拍张照片肯定好看。我去拿相机。”她看看她母亲，问："你一个人在这儿等行吗？"

"当然，"她母亲说，"我怎么会不行呢？"

下午的天气已经变冷了，艾琳一边走，一边拉紧了身上的外套。她穿过沙丘时，突然感到头晕目眩，接着又是一阵恶心，但她的医生一直说恶心想吐是好迹象。她坐下来歇了一下，接着闭上眼睛，在草地上躺下。这儿的海边，取代宾馆整齐草坪的是长着一簇簇黄色牛眼菊和白屈菜的灌木丛。伦敦那边，她的孩子的父亲——这些字眼依然听上去很奇怪，*她的孩子*——正在带他两个儿子中小的那个去上小提琴课吧。他会谴责她生下小孩的计划残酷无情、自私自利。"我的儿子一个六岁，一个十岁，"他会说，"你究竟有没有考虑过这对他们将意味着什么？"恶心的感觉越发严重了，她努力让自己的思绪平静下来，慢慢地深呼吸，但在沙丘上方盘旋打转、吵吵闹闹的海鸥让她的努力都变成了徒劳。它们的叫声尖利刺耳，几乎跟人一样。她躺在草地上时，它们似乎叫得更响更尖锐了，然后她猛然坐起来，意识到她听见的不是海鸥，而是女人们的叫喊。

她穿过沙丘往回跑，发现她母亲在海里，水已经淹到她的腰部。宾馆的泳客们正一边喊她，一边朝她游去，随着他们游近，他们红色的泳帽像漂离航道的浮标一样起起伏伏。艾琳踩着脚下的小石头，跌跌撞撞地奔下海滩。她看见她母亲脸朝下往前跌进水里，在水下消失了几秒钟。现在教练和一个老太已经游到了她母亲旁边，正试图把她抬出水，他们用力打水的胳膊和双腿搅出一片白色的水涡。艾琳费劲地蹚水去迎他们，他们面朝海岸，正架着她母亲往回走。他们把她平放在防波堤上，艾琳在旁边看着她母亲咳出水，被呛到，喘不上气，接着又咳出更多的水，浸湿的头发一缕缕贴在她的头皮上。

他们把她母亲背到宾馆里，宾馆在一条又长又直的林荫道上面，两侧草坪的边界上都是茂盛的大树。两只孔雀、一只母鸡和一只公鸡正在草地边缘觅食；它们轻轻地互相推来挤去，大家经过时，它们懒洋洋地抬起脑袋。她母亲被送进一间客房，宾馆经理安排人送来一件浴袍和一壶茶。一位女士主动提供了一套换洗衣服——内衣，一件加大码羊毛开衫和一条半裙——艾琳承诺会把它们送回给她。又感到一阵恶心的她跟大家打招呼去了洗手间，她吐了一点后用水泼了泼脸。从洗手间里出来，她听到她母亲正抑扬顿挫、像背诵一首学校学到的诗歌一样，跟其他女人讲述她在本地的家谱，仿佛她是一只用来配种的动物。艾琳觉得她听了那么多遍，现在她自己大概都能背诵家谱了，虽然这些年来她母亲变得越来越爱添油加醋。她时常会加塞一些迄今都没人听说过的事情，某种无关紧要却厚颜无耻的修饰，它们可能是错误，也可能是彻头彻尾的谎言。

当大家留她们单独待着时，她母亲去放水洗澡，并不要艾琳帮忙。艾琳不时敲门问她是否一切都好，是否需要她帮忙洗头发，但她母亲都说不要。“你要出来时，喊我。”

艾琳透过门说。她在窗边的一把椅子上坐下，看着外面草地上昂首阔步的海鸥，一群小孩在海滩上玩捉人游戏，他们在泳池、峭壁小径和岩石间上蹿下跳，水陆切换自如。过了一会儿，她听到水漏下浴缸下水口的汩汩声，她想象她母亲试图在没人帮忙的情况下爬出浴缸，摔倒在湿滑的地面上。她走到卫生间门口，但当她把手放到门上时，她发现门是锁着的。

这天晚上，她们回到养老院，艾琳给她母亲穿上睡袍，帮她在床上躺下。她母亲坚持要她去女主管的办公室拿一些牛皮纸，用来包装借来的衣服。“你明天就把它们送回去，行吗？”她母亲说，“它们在这里只会丢失不见。”今天晚上，埃莉开恩没有出现。艾琳给她母亲的水杯加满水。床边的地板上有一道边角圆润的凹槽。根据养老院小册子里的介绍，地板都是原装的，是十八世纪的橡木，上面布满了黑色螺旋形的小树洞。床尾那边还有另一道同样的凹槽。过去这个房间里一定是摆了一张不一样的床，它的规格跟她母亲现在睡的床接近，但不完全一样。另一个女人，或许好几个女人，在这里睡过，日复一日，年复一年，睡觉时嘴巴微张着，一直将她们的存在像纪念品一样压进木料里。

她母亲抿了一小口水，然后躺回到枕头上，紧闭起嘴唇拒绝再多喝一点。“昨晚你忘记拿那本书了，”她说，“这次别忘了。没啥东西在这里是安全的。”当艾琳拿起书，把它放进包里时，她意识到这或许是她母亲最后的交代。

回宾馆的路上，她走了去巴利菲哈尼的岔道。她母亲的家是一栋位置居中的朴素的两层联排屋，位于一个不那么时尚的地区，如今她好奇珍妮特是怎么设法找到租客的。她把车直接停在外面。她要态度礼貌，她对自己说；淡定，礼貌。租客——女孩——会理解的；假如艾琳是租客，她会理解的。她会说她明白现在这是女孩的家了，但她是那么远特地过来的。她坐在车里，排练了两套说辞：如果女孩态度好，用一套话；如果她态度很差，就用另一套。她排练的时候，始终能在脑子里清晰地看到女孩，仿佛她就站在她跟前，依然骨架纤细，金发，依然穿着打扮像一个身手敏捷的飞贼。

刚要下车时，她注意到前院很乱，一派没人打理的样子，她母亲宝贝的羽扇豆歪在一边，都快被杂草埋没了。她突然对女孩产生了一股强烈的怒气，她现在认定她大概会态度很差。前门一侧的垃圾桶，被塞得满出来，垃圾散落在门口的小径上。客厅窗户的窗帘不见了——她能想象她母亲会说什么——她能看见咖啡桌上的啤酒罐，还有一个人在沙发上看电视的剪影。但不论骨架纤细与否，剪影就不是一个女孩的模样。那是一个男人的剪影，他可能是注意到了外面的车子，他站起来，走到窗边，她发现他是珍妮特的丈夫，理查德。房子的花园很小，门廊到前院门的距离不会超过十几码，她知道他一定是认出了她。她等着，想知道他会不会走到门口请她进去，但他站在窗前没有动，过了一会儿她扭动汽车点火孔里的钥匙，开车离去。

她在街的尽头往东开，沿着城市的边缘开回她住的宾馆。明天她要去养老院跟母亲道别，要赶飞机回伦敦。平时在这个点老是泛起的恶心感，今晚却没感觉到；她的医生跟她说恶心感很快就会好的，孕吐现象消失时她不该担心。但没有了想吐的感觉，没有了这种既甜又苦的瞎担心，她感到空虚，感受不到除她自己以外的任何东西，于是她试图召唤一个影像。但她脑海里浮现出的唯一影像只是一幅其他女人B超图的模糊合成，一个漂浮在一汪羊水里的阴影。她在交通灯前等了一会儿，脑海里的影像呈现出一些特征，变成了一个女孩，一头金发，骨架纤细。它的眼睛紧闭着，就像这天她母亲从水里被救上来时一样，双目紧闭，不让海水里的盐分刺激到眼睛。在艾琳看来，当时她母亲用尽了最后一点力气，面朝开阔的大海，抬起胳膊抵抗着她的救援者。

一个不同的国度

吉纳格的光线是银色的，大海和天空是灰色的，吹进她嘴里的风有一种刺激的、几近金属的味道。任何时候他说起这个地方，他总会提到光线，此时，一大清早，海滩上空无一人，她明白了他的意思。他们前一天从都柏林出发，但启程晚了，接着又在德里停留得太久，以至于他们沿福伊尔河往北开时已是黄昏。当时大海已经开始转黑，一艘船的舱灯像河口上移动的照明灯，当他们驶过奎格利角、莫维尔和格林卡斯尔时，河面上空不时掠过一些小黑影：可能是鸟儿，或是河岸路边树上的蝙蝠。

这天早晨在他哥哥的小平房里醒来后，她拉开卧室的窗帘，想要好好看看大海，却发现她自己盯着一堵水泥墙，墙上粗糙地抹着泥灰，竖在离房子不超过三四英尺的地方。窗户下面，填充房子和墙之间空隙的是一团乱七八糟的橙色渔网、半打切割得粗糙且长短不一的镀锌铁皮和一堆印着一家渔民合作社标志的塑料箱。

“那是一个船库。”他在床上说，她转身看到他一只胳膊撑着身体，正饶有兴致地看着她。

“但是为什么要造在这里呢？”她难以置信地指着墙说，“为什么要挡住大海和光线呢？”卧室很冷，当她凑近窗户时，她呼出的气给窗玻璃蒙上了一层水汽。渔网兜着大海的残余：几条黑色皮革般细如鞋带的海带，零星几颗藤壶。“想象一下，”她说，睡衣下的身体冷得颤抖，她知道他正盯着她看，“这样的风景在霍斯会值多少钱。”

他轻拍着旁边的枕头，大笑起来。“你现在已经不在堪萨斯了，多萝西。[①]”他说，当她爬回到毯子下面时，他把手放在她的屁股上，将她拉近。

他们吃完早饭，赶在其他人起床前，立刻开车去吉纳格。他们把车停在岩岬的顶端，当她踏出车子时，风刮得让她差点没拉住车门。他们下面的海湾开阔空旷，靠悬崖的一边，葱郁茂盛的植被一路向下延伸到水边。她握着他的手，他们沿着一条陡峭的小路往下走到海边。“西班牙无敌舰队的一艘船曾在这里失事，”他边说边用胳膊搂住她的腰，好让她立稳，“是一艘梵蒂冈老商船改成的战舰。”

她停下来，把头发塞进夹克的后领里面，免得它们一直被风吹在她的脸上。“有很多人淹死吗？”

他点点头。“是的，本地人吃掉了没淹死的人。我们小时候听说的版本差不多就是这样。”

---

① 多萝西是《绿野仙踪》的主人公，她和叔叔婶婶生活在堪萨斯，一场龙卷风把她吹到了矮人的王国。

"那显然是编出来的故事。"

"等你见过本地人后再下结论吧。"

"你就是本地人。"她说，但他已经松开臂弯，大步走在她前面了，他穿过沙滩，走到满是光滑的深色岩石、潮汐起伏的浅水边。

海边有一只没有牵绳的黑白双色长毛狗，此时它正在沙滩上朝她狂奔而来，它的耳朵平贴在脑袋上，尾巴摇得犹如船舵。它滑到她跟前，猛然刹住，张开嘴巴，吐出一样东西，掉在她的脚边。"你给我带什么了？"她说。

从狗嘴掉出来的是一只螃蟹，酪乳底色的壳上有星星点点犹如霉斑的绿色，扇形的边缘上有一圈更深的绿色。被她用大拇指和食指捏着的螃蟹蠕动了一下，灰扑扑的蟹腿缓慢地抽搐着，好像圣诞节早晨穿着泳裤在"四十英尺"① 冬泳的老男人们的腿。她拍拍蟹壳，螃蟹停止蠕动，把腿缩进肚子下面。

狗跳到半空，想咬螃蟹。"现在它在我手里，"她说，"你想要我把它扔给你。"狗哼哼唧唧地叫着，在沙子上前后蹦来跳去。"那样不是很好，是吧？"她说。她一只手捏着螃蟹举过头顶，另一只手揉着狗的耳朵。狗叫起来。"你不明白，是吗？"她说。她走到大海边，蹲下来，把螃蟹放到水里。

① "四十英尺"是都柏林海湾南端的一处海角，圣诞节在四十英尺海域冬泳是爱尔兰的一个节日传统。

狗大叫一声，狂奔进浪花里。当螃蟹被下一波浪冲回来时，狗咬住它，又把它丢在她的脚边。“不！”她一把捡起螃蟹说，“坏狗狗！”螃蟹壳上全是狗黏糊糊的口水，并且出现了一条从上到下的裂缝。这一回，她朝海里走了几步，她的新麂皮靴子一直湿到脚踝以上，冰冷的海水渗进她的袜子里。她竭力把螃蟹抛向远处，螃蟹在空中划出一道高高的弧线，但狗再一次朝它追去。

她从海浪里走出来，浸透了海水的靴子变得很重——这鞋是毁了，她想，海水的盐分会把它们弄得一塌糊涂，它们永远也不会是原来的模样了——她看到乔纳森在风中缩着肩膀朝她走来。他迈着轻松的大步，手插在口袋里，头发被风吹到前额后面。他走到她跟前，正好狗也湿淋淋地从海里回来了，它把螃蟹丢在他的脚边。

“这是什么？”他说，“某种都柏林的消遣活动？我们这儿大多是用枝条。”

他试图亲吻她，她却把他推开，俯身捡起螃蟹。狗干呕了几次，然后咳出一块灰色的小东西，她认出来那是一只螃蟹腿。“走开！”她对狗说，还跺跺脚，“嘘！回家去！”但狗只是叫着朝她冲来，差点把她撞倒。螃蟹被咬得裂开了，蟹壳剥离身体的部分露出珍珠白的蟹肉。螃蟹掉了两只腿，还有一只腿连着一点点组织悬在那里。

她把螃蟹递给乔纳森。“你来扔它，”她说，“需要扔得更远一点。”

他检查了一下躺在他手心里一动不动的螃蟹。他用手指戳戳它，它依然没有动。“恐怕已经没有任何必要了。”他说。他把它朝身后一扔，它砸在一块岩石上碎掉了，狗像火箭一般冲出去，在浅水滩里闻来闻去，搜寻蟹壳的碎片和螃蟹腿。

车胎在潮湿的草地上打转，她把车倒回路上，他们往回朝格林卡斯尔驶去，驶过灯塔和灯塔看守人的小屋，还驶过一栋如今已改作他用的旧校舍，悬挂的花篮里乱糟糟的都是去年的夏花。她望着下面的海滩，瞥见一道黑白两色的身影：狗正在水边奔来奔去。尽管已是秋季，但悬崖边依然葱郁，沟渠里是一片鲜艳的紫红色，远处的沼泽里开满了赭色和橙色的石楠花。这也太美了，她想，颜色太纯粹，光线太梦幻。仿佛她正行驶在一个电脑游戏的地图中，仿佛车子的方向盘和中控台、小屋白得要命的白墙都会在她驶过时碎裂，露出可怕的深色怪物，它们的牙齿间还咬着西班牙水手的软骨。她瞄了一眼坐在她旁边副驾驶座上的乔纳森，有一瞬间，她没认出他，都柏林、她的家和大学也都好像离得很远很远。

他哥哥的小平房，背靠大海，建在一道长满荆棘和芦苇的斜坡上，门口是一条狭窄的边巷。这里以前一定有过一道大门，但现在只剩下两条生锈的粗铰链，分别固定在入口处两边的木桩上。

“我会把它全部推倒。”他们前一晚到达时，他说，她看到的“全部”就是小平房、一个用作船库的圆顶混凝土棚屋，还有一个木制的煤仓。“我会把这儿铲平，从头开始，把它建在离水更近的地方。”他们每到一个地方，他都是这样的，她逐渐理解了，他是难以自禁。他是一名大学毕业才一年的建筑师，他俩是在他大学的最后一个学期遇见的。他看到废弃的附属建筑、被板子钉起来的加油站，几乎本能地在脑子里用钢筋、木头和光线测绘它们。

后门外面，一辆没有轮胎和挡风玻璃的蓝色菲亚特停在一个混凝土块垒起来的平台上。车顶上盖满了枯叶，车漆上都是斑斑点点的锈迹。这是盐分造成的，她想，得意于自己懂这点；盐分导致生锈，因为她经常在霍斯听她的父亲抱怨同样的事情，尽管她父亲车上的锈斑从来都不是这么深的橙色，也从来没有这么多。

这天早晨他们离开小平房时，他哥哥的女朋友宝琳还没起床。此时，她正在灶台前用一口烧黑的锅煎蛋。已是孕晚期的她，一只手托着后腰，另一只手晃着煎锅，鸡蛋在锅里滑来滑去。“快点进来，”她说，“把那门关上。天冷得要命。”她把鸡蛋倒在盘子上，蛋在一汪油里颤动着，接着她在水池前给水壶注满水。

她的好看，质朴而热烈：深色的头发散落在肩头；未经修饰的粗眉毛。她穿着一件格子衬衫和一条运动裤，尽管已是十月下旬，她的脚上却套着一双人字拖。她的趾甲剪得很粗糙，脚后跟的皮肤又粗又黄。她让萨拉想起自己夏天去卡斯尔巴看表兄妹时，那些庄园里的女孩；酒吧关门后，那些在酒吧后院把喝了一半的啤酒放在空酒桶上的女孩；那些倚靠在小巷墙上，像迎子弹一般对男孩们敞开怀抱的女孩。

厨房中央摆着一张桌子，上面盖着一块勉强遮住桌子边缘的正方形蓝格子油布。一块蕾丝桌垫上放着一盆茂密的木本盆栽，它的叶子是各种深浅不一的墨绿色。宝琳慢慢地在一把椅子上坐下，开始吃她的鸡蛋。她的衬衫太小了，当她伸手去拿盐时，衬衫被扯上去，露出一道黑线，好似动物背部的条纹，从她的肚脐眼一直延伸到她运动裤的裤腰里。“你哥开面包车去基利贝格斯了，”她说，“晚点会回来。”她轻轻地拍拍肚子，“我希望这小宝贝儿不要有早点来的想法。”她说话的时候，她的肚子自己动了起来，突然猛地鼓胀收缩。

萨拉在她旁边坐下，脚从湿掉的靴子里脱出来。乔纳森正在泡茶，他从沥水板上拿了马克杯，又从角落里的架子上拿了一盒英伯瑞牌袋泡茶。无论这小平房有多少建筑缺点，他在里面都很从容自如，他打开橱柜门，搜寻糖和饼干。“小娃不会早来的，”他说，“而且就算它早发动，也有我在这里。”

宝琳大笑，露出门牙，她的门牙白白的，但有点不整齐，一颗门牙的一边叠在另一颗门牙上，萨拉戴牙套前也是如此。“毛巾加热水，对吧，乔尼[①]？不是冒犯你，但我宁愿先去野地里生。”

“我的意思是，”他加入她们，在桌边坐下，“我们会开车送你去医院的。”

他要给宝琳倒茶，她却挥手阻止了他。“茶让我烧心得厉害。”她说。

一扇窗户对着平房一侧外的窄巷子，另一扇窗户对着平房后面的荒地。虽然还没到中午，但天色已经有点暗下来了，河口上积起一个云团。船库墙上的一个钩子和田野里的一根柱子间架着一条晾衣绳，风狂吹着一件蓝色的连身衣，衣服在风里猛烈地上下翻飞，衣袖和裤腿乱挥。萨拉解开外套的纽扣，脱下来把它挂在椅背上，这时她脖子上的围巾滑落到地上。

宝琳先注意到了它。她捡起围巾，却没有还给萨拉，而是握着它，手指来回搓着织物，抚摸它。“巴宝莉？”她查看标签后说，深色的眉毛往上提了提。

萨拉感觉自己脸红了。“乔纳森送的，”她说，“是我的生日礼物。”

“乔纳森？”宝琳说，她看看桌子对面的他，笑起来。“好吧，乔纳森，你的品位进步了。他们一定在南边的都柏林教了你点东西。”她开玩笑地用围巾轻轻地扇扇他的脸，

① 乔纳森的昵称。

又笑起来，但这次笑得轻声了一点。“很好，乔纳森，”她说，重复乔纳森的名字，仿佛它是一个笑话，“好，就是太贵。”然后她把围巾放在桌上。

萨拉喝着茶，听乔纳森和宝琳聊她不认识的人，那些人的名字都奇怪得要命，比如高脚柜吉米、鸕鹚拉里、柱子弗兰克。她听到乔纳森的口音一点点地改变，逐渐接近宝琳的口音，直到变成一种不同的口音，一种陌生的口音。她一边听，一边意识到前一晚他们越过又穿回的边界，那条切过各个村庄、经过各家起居室的深色路线，只不过是障眼法，是一种对名义上的界限的遵从。它是一条系得松松的皮带，土地和大海像肚腩一般溢出来，因为这里，这里同样，也是一个不同的国度。

一辆白色的丰田海狮[①]喷着尾气，从路上开过来，拐向小平房。它停在蓝色的菲亚特旁边，一个高瘦的男人从车里出来。昨晚他们未曾谋面，但他经过窗口的那一刻，她就知道他是乔纳森的哥哥。他跟乔纳森一样长着高颧骨，但他的颧骨发红且有皱纹，他走路也是步幅很大。他在门前的台阶上停下来，脱掉靴子。“还好吗，乔尼？”他说，并眨眨眼，“两国元首会晤了，是吧？”他三十出头，头发剃得很短，只剩下紧贴头皮的一点发根，浅色的眉毛消融入肤色中。他穿着袜子走到厨房的另一头，拍拍乔尼的肩

① 丰田旗下的一款轻型商务客货两用车。

膀。他朝萨拉伸出一只手。“我是艾登。”他说。

他的胳膊下夹着一个用塑料纸包着，并用蓝色股线系住的包裹。他把它放在桌上，开始解开它，他的手红红的、伤痕累累，一根手指断了一截，指关节上只剩下粉色的残端。他掀开塑料纸，露出里面的一堆鱼。他拎起一条鱼，一条超过一英尺半长的黑色庞然大物，它丑得很卡通：宽阔的大嘴里散布着牙齿；前额上竖着白色金属线一般的触须。宝琳伸手去摸它，手指滑过它的红色鳃瓣。“漂亮，”她说，并朝萨拉点点头，“我打赌你在都柏林没见过这样的美人。”

“她在这里也没见过。”艾登说，大家都笑起来，除了萨拉每个人都在笑。

“哎呀，捕几条鱼有什么要紧呢，”宝琳说，“把它们扔回大海，世界上有一半人要挨饿了。”

艾登把鱼一条叠一条地摞成滑腻的黑色的一堆，又把它们包起来，放进冰箱里。他掏出一包香烟，先递了一支给萨拉。她拒绝后，他给宝琳点了一支，又点了一支给他自己。

宝琳往后靠在椅背上，双手搭在她隆起的肚子上，烟圈从香烟上升起，飘向天花板。“今天早上你叔叔谢默斯打电话来。他说他把小摩托艇拴在莫维尔的码头上了。”

“好，”艾登吸了一口烟说，“那就都安排妥了。”他没有跟其他人一起坐在桌子边，而是靠着厨房墙壁站着。

宝琳从嘴角吐出烟圈。“今晚你肯定不会开着像这样的一艘小摩托艇出海，对吗？”

“我不会驶很远，就去一下施罗夫那边的近海。”

“谢默斯跟你一起去吗？”

“我一个人去。”

宝琳把烟灰弹在她的空盘子里。“这究竟是哪门子的活儿？”

艾登把一只手放在脖子后面，揉搓着皮肤，仿佛是在按摩一块酸痛的肌肉。“渔网出了问题。”他说。

宝琳盯着他看。她一度没有说话，然后她看向别处。她伸手越过萨拉，拿起桌子另一头的一份《德里日报》。“这种天气不是干这种活的时候。”她翻开报纸说。

“这种活什么天气干都不好。不如就今晚去干。”

宝琳摇摇头。“今晚只有傻瓜才会开着小船出海。”除了她翻报纸的噼啪声，厨房里一片寂静。

萨拉开始觉得自己的呼气吸气都很明显，别人的脚——或许也包括她自己的脚——踩在厨房地砖上的动静都是那么明显。她想去收起马克杯，把它们放到水池里去洗，但她还没来得及动手，就听到乔纳森对他哥哥说：“我跟你一起去。”

艾登把手从脖颈后面移开，开始抚摸自己消瘦的脑袋。“你现在可能习惯于一种不同的船了，乔尼，”他说，“这可不是一艘游艇，你要知道。”但这一次，却没有人笑。

“咱爸去世的那个夏天，我开一艘半甲板小船去了托里岛[①]，”乔纳森说，“第二年夏天我又驾驶着它去了拉司马伦[②]的生蚝节。”

他认识她之前、生活在这个地方的那些年，他俩互为陌生人、不知道彼此存在的所有时光，全都落在萨拉身上，沉重且不可逾越。她感觉体内泛起一阵静默的小恐慌。就是游泳的人在一个巨浪中一点点漂出去，突然发现她自己离岸很远时感觉到的那种恐慌。她感到某种东西从她身边溜走；某种她不太能确定的东西，但她依然能感觉到它正在消逝。

“那是很久以前了，”艾登说，“自那以后你就没出过海。你可能都忘了，或许你忘了更好。”

“你明知道这是不会忘记的。”宝琳掐灭香烟，站了起来。她的肚子沉甸甸地坠在下面，她走到厨房另一头的晾衣柜前，打开浸入式热水器。“我感觉不太舒服，”她说，“我要去洗个澡，然后回床上躺着，你们两个男人可以去施罗夫，或任何一个你们想去的鬼地方。”

宝琳离开厨房时，萨拉的脑海里突然闪现出一个她裸体的画面：膨胀的肚子，湿滑的深色头发像扭动的蠕虫般垂在她的肩膀上。她看到她在船库黑漆漆的狭小卫生间里，站在淋浴下面，被水冲洗着，像一只被诱骗到旱地上的海洋生物。

---

① 距离多尼戈尔郡西北岸 14.5 公里的一个小岛，是爱尔兰有人居住的最远的一个岛屿。

② 拉司马伦是爱尔兰多尼戈尔郡法纳德半岛上的一个海边小村庄。

外面的河口处，一只拖网渔船下锚过夜，发动机舱里的灯光照亮了一小块水面。她沿着海边的窄路行驶时，萨拉看到火柴棍似的人影在泛光灯照亮的甲板上走来走去。她的身边，宝琳从一阵宫缩中缓过来，重新陷入副驾驶座。她把汗湿的头发从脸上往后拂，拿出手机。“我再试试给他打电话。”她说。她们在格林卡斯尔的一英里之外，已经驶过了聚集在城堡阴影中的渔业学校和度假屋，正朝施罗夫开。

河口的另一边，沿着半岛的边缘亮着一串间隔均匀分布的灯，它们比普通街灯更亮。前一晚，当他们从汽车后备厢里拿行李时，萨拉曾就这些灯问过乔纳森。“那是一个宾馆吗？”她说，他笑着摇摇头，走向车子的后门。“那是马吉利根监狱。”他说。后来，他告诉她说，他小时候曾跟他爸去那儿探望过一个堂哥。“那里什么样？”她说，但他不记得太多，只记得一些战时留下的半圆形活动营房，还有一个士兵在遛四五只用锁链拴着的狗。此时监狱在河对岸闪着光，它外缘的照明灯像蜿蜒海岸线上的一串明珠。

宝琳在艾登的手机再度切入语音信箱时骂了几句。“他们可能还在干活，”她说，“假如他们还在忙，就听不到电话响。或许就算听到了，他们也不会接电话。”她伸手去拿脚边的帆布袋，把它拎到肚子上，在里面的睡衣和拖鞋中翻来翻去，直到找出她的香烟。“试一下乔纳森的电话。”萨拉说着开始大声报出他的号码，但宝琳打断了她。“我已经打过了。”她说。她点燃一支香烟，摇下车窗，让烟雾散出去。

她的头发在苍白肤色的映衬下显得比平时颜色更深，深色的眉毛犹如部落族人涂在脸上的两道颜料。“我爹是渔夫，”她说，“我的爷爷也是渔夫，跟艾登家一样。”她轻轻地用手摸摸肚子。“有些天我站在码头的尽头，我发誓这个小娃知道。我能感觉到他朝海的方向使劲，仿佛他能看到或闻到大海。”她猛吸了一口烟，吐出满嘴的烟圈。“但这是一个肮脏的行业。又脏又苦。你很幸运，跟乔尼在一起。”她把香烟扔到窗外，紧紧地捂住她的肚子。“这里又来了一个。”她说，然后她弯下腰，把脑袋搁在仪表盘上。

从沼泽地中开出来时，一辆小车打着大灯朝她们猛冲过来，让她们被迫驶入水沟。小车从路上弹起来，腾空一瞬，接着加速开走了，能看到一个穿着黑色连帽衫的小伙深陷在驾驶座里。“马林路开过来的小混混。”宝琳说，萨拉等着她再说下去，但她往后一靠，闭上了眼睛。后视镜里，逐渐驶远的小车的尾灯闪着红光消失了，灯光熄灭，马路又陷入一片黑暗。

宝琳直到她们开过施罗夫的标志牌才再度开口说话。黑暗中出现一个酒吧，一片灯光点亮了原本荒凉的漫长海岸线。“我在那儿参加了高中毕业舞会，”她说，“四年前的夏天。”

萨拉以为宝琳年纪更大一点——不是她父母那样的年纪大，但肯定比她自己和乔纳森年纪大。现在她意识到她们实际上是同龄人。“你带艾登去参加的吗?”她说。她试图想象艾登穿西装礼服的模样，一个成年人尴尬地置身于一群少男少女中，白色正装衬衫的袖口下他发红的手上满是老茧。

“那时我还不认识艾登，”宝琳说，“我带乔尼去的。我跟乔尼一起在卡恩上学。”酒吧的灯光在她们后面逐渐消失时，她说：“这里！在这里拐进去。”她指着一块地里的一处空当。

草地上乱扔着空罐头，还有几个火烧过后留下的黑焦圈。这块地一直延伸到一排矮悬崖边，悬崖之外浩瀚的大海，黑漆漆的，波涛汹涌。萨拉停下车子。宝琳弯着腰呻吟，当她把脸从手上抬起来时，眼泪从脸颊上滚落下来。“他们会在海边，”她说，“叫他赶紧来。”

萨拉在后备厢里找到一个手电筒，沿着草地里的一条小径走到悬崖边。她看到下面有灯光在水面上下起伏，当她的眼睛适应了黑暗时，她看到一条船的轮廓。她还看到一片僻静的海滩：一条白沙滩，跟周围黑漆漆的岩石形成鲜明的对比。月亮和河口对面马吉利根半岛上的灯让海面泛着银光，她看着小船切过层层波浪行驶，震撼于眼前的这一切都是多么美丽，未经破坏的美，要不是宝琳在车里等着，她真想在这儿多待一会儿。

她开始沿着陡峭的小路往下面的海湾走，靠抓紧芦苇秆来稳住自己。陡坡让她身体前倾，即使她想停下来，也收不住脚，最后她一路跌跌撞撞地跑到悬崖下的小沙滩上。海湾里一片宁静，只有一波波泛着泡沫的海浪拍打沙滩的声音。他俩已经关掉了小船的引擎，乔纳森跳下船，开始蹚水朝她走来。他穿着一件深色的油布雨衣，帽兜紧紧地箍住脸。“你在这儿干什么？”他走到她跟前说，她才意识到他不是乔纳森，而是艾登。他的胳膊下夹着一根长条状的东西，像是一根棍子。

“宝琳在哪里？”他说，她没回答，但他身后正在水上扭动的一个东西让她看呆了，那个东西在白浪翻腾的海面上猛烈摆动着，挣扎着。她突然恐惧地意识到那是一个躯体，接着她看到水里有很多个躯体，它们慢慢地朝岸边移动，在漆黑的海面上犁出道道水沟。它们像是穿着潜水衣的潜水员，但它们接近时，她发现它们是海豹，皮毛黑得发亮。它们随着海浪游过来，时而消失在水下，时而又浮出水面，它们光滑的脑袋在月光下闪闪发亮。

“她在哪里？”艾登又说。他捏住萨拉的肩膀，摇摇她，她这才意识到他胳膊下夹的东西不是一根棍子，而是一杆枪。

“她在车里，”她说，“娃就快出来了。”一个浪头冲过来，打湿了她的鞋子和牛仔裤脚，她往后跳了一步。

这时小船已经驶近岸边了，乔纳森站在舵柄旁。又一个浪头打来，一只海豹猛冲到沙滩上。它砰的一声仰面拍在沙子上，然后翻身肚子着地。它在萨拉的脚边躺着流血，当她屈膝跪下时，她看到它脑袋的一侧有一个被枪击中的弹孔。“哦，我的天哪，”她说，电筒从她的手中滑落，“哦，我的天哪，哦，我的天哪。”

“把车钥匙给我。”艾登站在她旁边，伸出手说。

“钥匙插在点火器里。”她说，没有看他，他转身，跑出去，跑上悬崖上的小路，胳膊下面依然夹着枪。

船离岸只有几米了，乔纳森下船，把它拉到岸边的一片卵石滩上。他也穿着一件油布雨衣，帽兜紧箍住脸，脚踏一双靴筒一直到大腿根部的长筒雨靴。“它们胆大妄为，”他说，一边穿过沙滩朝她走来，“它们咬穿渔网，吃光捕获到的鱼。”他伸出一只手来帮她站起来，但她没有接受。

一个浪头猛冲进来，海湾的更远处，另一只海豹被甩到沙滩上。她丢下第一只海豹，朝第二只海豹跑去。这一只海豹体形略小——是一只幼崽，她觉得——它的皮毛颜色也更浅一点。鲜血从它的嘴巴和脖子上的一个伤口处流出来，沿着岩石的边缘滴下来，把海浪的泡沫都染成了深粉色。

乔纳森慢慢地跟着穿过沙滩，此时他站着，手插在口袋里，低头看她。“宝琳没事吧？”他说，“是小孩要出来了？”

萨拉蹲在海豹的旁边。它还活着，嘴里不停有鲜血流出来，胸膛起起伏伏。

“我们要把船开回莫维尔，”乔纳森说，“小货车停在码头边，我们去医院前，你得先换身衣服。”

她用手搓搓湿掉的牛仔裤，试图拂去粘在上面的砾石和贝壳碎片，她发现它们都被海豹的血染红了。海浪依旧一波波地冲进来，不停地进进退退，几英尺之外，另一只海豹翻着筋斗撞到岩石上。“我们不能就这么留下它们不管。”她说。她伸出一只手，摸摸小海豹的脑袋。它畏缩了一下，但没有逃走，它黑玛瑙一般的眼睛，开始失焦涣散。

“它们都快死了，”他说，她能听出他声音里的不耐烦，“潮水会把它们重新带出去的。”他已经开始从她身边走开，朝船走去。“来吧，”他边说边把船拽到水里，“上船来。”

她站起来，环顾海滩四周。风变小了，夜空清澈如镜，白色的海鸟尸骨像象牙雕刻一般散布沙子上。悬崖的底部，一根布满绿色海藻的腐木卡在两块岩石之间。她把腐木从两块岩石间拔出来，拖着它穿过沙滩回到垂死的海豹躺着的地方。

乔纳森在水里朝她喊。“你在干什么？”他说。南边的村庄之外，悬崖上亮起灯光，是一辆从沿海公路上驶来的汽车的车前灯。“来吧，”他说，“我们得离开这儿。”他跳上船。

她站在海豹边，举起那根木头。她听到发动机的突突声，看到乔纳森站在船里，等着她。他没有说话，没有喊她，只能看到他的剪影，深色的油布雨衣下他的脸庞一片模糊。她低头看看海豹，看见它半闭着的眼皮颤动了一下。她的周围，海岸像一块缀满亮片的布一样闪闪发光，微小的贝壳和砾石在月光下泛着银光，尽管沙子被鲜血染得发黑。她站在那儿，木头高举过头顶，海豹在她的脚边流血不止。海浪一直不断地冲过来，冷酷无情，海的另一边，马吉利根监狱的灯光始终坚定不变地亮着，看起来很美。

枯花的气味

位于德拉姆康德拉路上的这栋房子是一座双面红砖建筑，居中的木门立在深深内凹的拱形门廊里，门两边是对称的凸窗。我放下行李，按响门铃。门口的台阶上杂乱地放着几盆蔫了吧唧、茎干脆弱干枯的植物。门内响起一阵各种钥匙扭转、门闩滑动的声响，路·安妮一直大声叫我“等一下”，仿佛一路从图阿姆格拉尼过来的我会转身回去似的。“巴士上怎么样？”我终于踏进门时，她说，然后不等我回答，又问，“出租车上怎么样？”

路·安妮是我妈妈的表亲，她家在去大学的巴士路线上。她跟我妈同年，四十出头，但她穿的衣服跟我妈穿的完全不一样：一条及膝的蓝绿色连衣裙，领子和袖子上都有金色的编绳装饰，一枚琥珀色的领针像一只蹲在她肩膀上的甲虫。她的头发是指甲花的红色，梳成一个马尾辫，太阳穴附近隐约泛出丝毫的白发。她背对我，摆弄着门，插销被她拨拉复位时像猪一样发出尖利的声响。门厅的柜子上放着一部电话，这是我家还没有的东西。门厅里的地毯不够宽，不足以完全盖住地面，所以沿着地毯的边缘，我能看见下面的黑白格子地砖。地上散落着几片树叶，可能是风吹进来的，因为门上的气窗缺了一块小小的正方形玻璃。

路·安妮终于拉好插销，转向我。“瞧瞧你，”她说，“彻底长大了。”接着她摇摇头，仿佛我长成大人是一件她不赞同的事情。她伸出手来拉我的手，但她没有跟我握手。而是把我的手指展平，逐一捏捏我每根手指中间的关节。“你的手长得很好。”她说。她自己的手关节突出、手指粗短，完全不是我想象中钢琴家的手，但毕竟也只有我妈这么叫她；我爸则根据他的心情或他跟我妈处得怎么样，叫她“嬉皮女”或“共党分子”。因为路·安妮是我妈的表亲，而不是我爸的亲戚，所以她也只是我妈的朋友。

我拉开肩包的拉链，从里面拿出一个我妈包装好的礼盒，里面装的是嵌着花瓣的椭圆形紫色香皂。“来就来嘛，还带东西。”路·安妮说，但她已经撕开了包装纸。我看着她——金色绳编装饰的连衣裙下，她光着腿——我想我妈可能弄错了，路·安妮不是那种喜欢礼品香皂的女人，她从固定香皂的塑料凹槽里撬出一块椭圆形的香皂，跟捏我的手指一样捏捏它。她看上去是真的高兴。“薰衣草，”她把它拿到鼻子下闻闻说，“我和你妈有一阶段只用这个洗澡。”她把椭圆形的香皂重新压进塑料凹槽里，并从指甲下面抠掉一小块半月形的肥皂屑。然后她朝我笑笑，我发现她挺好看的，笑起来比我妈显得年轻。

楼上某处打开了一扇门，一名年轻女子出现在楼梯口。她个高丰满，即使隔着这段距离也能明显看出她蓝色睡衣下的圆滚滚的身材。我上次见到凯茜时，我俩都还是小孩，现在看到她至少身材是成年女子的模样，我吃了一惊。“你记得我女儿吧。”路·安妮说，我突然生动地记起一天在我家的农场上，当时我十岁，凯茜十二岁，她在挤奶棚外蹲下尿尿，一道黄色的液体蜿蜒在我家院子的尘土地面上。我们在家里从未讨论过凯茜到底有什么残疾。她很少说话，体弱多病，我爸说她“迟钝”，但每当他用那个词时，我妈总会嘘他。凯茜依然梳着两根深棕色的辫子，跟她如今的成人体型很不搭。路·安妮冲楼梯上喊。“回床上睡觉，”她说，“我一会儿上来。”于是凯茜转身，消失在一个房间里。“来吧，”这时路·安妮把香皂礼盒放在门厅的柜子上说，“我带你去你的房间。”

门厅足够干净，维护良好，除了未修理的气窗和残存的烹饪气味，一种不知道是什么的香料味。我跟在路·安妮后面爬上楼梯，看见护墙板上缘和镜框上面积了一层灰。楼梯平台通向四扇房门。一扇房门半敞着，我能看见一个搪瓷浴缸的一角以及墙上的蓝白色瓷砖。“我把你安排在爸爸过去的卧室里，”路·安妮推开一扇说，“床是爸爸的旧床，弹簧床架有点摇晃，但床垫是新的。”这里的空气感觉比门厅里更陈旧、浑浊，仿佛一直在发酵。路·安妮走到窗前，拉开窗帘，让光能照进来一些。“我们有一段时间没用过这个房间了，”她说，“爸爸过世后，有一次我倒是试过在这里睡，但感觉实在是太奇怪了。”窗户下面摆着一张床，床尾摆着一个衣柜。一张廉价的胶合板书桌，就是需要自己组装的那种，硬塞在一个墙角里，书桌比房间里的其他东西都要新，上面放着一盏台灯和一个花瓶，花瓶里插的黄花非常像蒲公英。“书桌是马库斯装起来的，”路·安妮说，“我们不得不拆掉踢脚板才把它放进去。”马库斯。我妈提起过还有一个住客；他“也是乡下来的”，这点似乎让她略感放心，但我知道假如住客是一个女孩，她会更为放心。“房间是你的了，”路·安妮说，“你打开行李收拾好后，下楼来，我们一起吃点晚饭。”

我把衣服挂起来时，能听到凯茜在隔壁房间里走动，弹簧床架偶尔嘎吱作响，东西掉下来时发出“砰”的轻响。我想知道马库斯是否在家，我留心去听其他声响，但什么动静也没有。我在衣柜里发现了一个装满男人领带的塑料袋，领带都是佩斯利涡旋花纹的，上面还打着长久未解开已经系死的结。它们依旧透出路·安妮爸爸的气味，一种汗水混着烟草的味道，我把塑料袋堆到衣柜的最深处，把我清空的手提箱放在袋子上面。所有东西全放好后，我坐在床的边缘，透过窗纱，看着外面马路上经过的车流。我坐在那儿，觉得可以拖延多久，就坐了多久，当无法再拖延时，我走下楼。

我在房子前部的一个房间里找到了路·安妮，她正在把餐具摆到一个圆桌上。“我能帮什么忙吗?”我说，因为我妈跟我提醒了一百遍，叫我必须主动帮忙。

“只是一点冷盘肉和色拉，”她说，“我已经准备好放在冰箱里了。”

这个房间看起来饱经沧桑，有一种多年来遭受了无数小冲突后的损伤感。房间里堆满了家具：不但有餐桌和椅子，还有一个摆着积灰的仙人掌的高脚柜；一组堆着过期电话簿的桌子；塞满发黄的银餐具的玻璃橱柜。我能想象我爸看到这个房间会说什么，它的杂乱无章会让他多么高兴，他会记住细节，把它们当成针对我妈的武器。一架钢琴靠墙摆着，上面散落着杂志和各种用品，看上去得费点劲才能掀开琴盖。

路·安妮端着一个托盘回来，上面摆了些盘子：泛黄的碎火腿，旁边摆着几圈薄到几乎透明的黄瓜片，一切四的番茄块，几勺不同种类的色拉。我妈也用这些招待访客，但路·安妮的版本做得稍微差一点：腌渍甜菜根的红色汁水已经渗到了凉拌卷心菜里，把它变成了粉红色。“坐，坐。”她说，我在一个位置上坐下时，注意到桌上摆着四套餐具；杯子和茶碟相碰，发出犹如调音叉的共鸣。“总算回来了!”门铃响起时，她说，“为什么他非得那么晚回来?”她走到外面的前厅，我听到门闩滑动，然后传来一个男人说话的声音。“奥康纳大街上有游行，”他说，“我在巴士上堵了一个小时。”

“你可以下车走路的。”门闩滑动复位时，路·安妮说。

“哎，我不能那么做，不是吗？我没带念珠[①]。”

“嘘，”路·安妮说，“她在这儿。”

他走到客厅门口。“哎呀，你好！”他说，“我差点忘了你今天到。”他身材矮小纤弱，深色头发，深色胡须。他穿着一件黑色皮夹克，肩膀上挂着一个挎包，但作为学生，他显得有点老，大约是二十几快接近三十岁的样子。

“我爸必须把牛犊送去蒂厄姆，”我说，“所以他早早就把我送去巴士站了。”话一出口，我就后悔了，这个男人为什么要知道我们家牛犊的事情呢？

“这对你爸来说肯定挺费劲的——打理农场，我是指——如今你哥去了英国。”

我不喜欢他知道我们的事情。我想知道路·安妮还对他说了什么。

“我是马库斯。”然后他说，他走到桌子边，跟我握手。我不知道是否应该告诉他我的名字，还是他已经知道了，但他转向了站在他身旁的路·安妮。“她今天过得怎么样？”

“哦，你知道的，”路·安妮说，“老样子；她一直是老样子。我给诊所打了电话，但雷蒙德医生还是不在，那个代班医生在。你知道他是什么样的。”

“你跟他说了她头疼吗？”

---

① 虔诚的天主教徒经常一边走路，一边数着念珠祷告。

“他喋喋不休地说要给她配阅读用的放大眼镜。我得跟你讲过多少遍啊，我跟他说，她不看书，”她厌恶地抬起双手，“他到底有没有看过她的病历啊？”

“我是否该跟他谈谈？”马库斯问。

“我们不能跟他搞坏关系，”路·安妮说，“雷蒙德医生回来前，我们或许需要他开处方。我们得混到下个星期。”她拿下挂在他肩膀上的挎包，用连衣裙的袖子擦干布满挎包的雨滴，然后才把它挂在一把椅子的椅背上。她把一撮湿头发从马库斯的眼睛上撸掉，并走上去帮他脱同样被淋湿的夹克，但他自己拉开拉链，脱下夹克，把它挂在挎包旁边。“我去叫她下来吃晚饭。”他说，随即走上楼。

路·安妮扭着自己的马尾辫，站了一会儿。她心不在焉地盯着房间的各处，仿佛是在寻找某样东西，但又忘记了要找的是什么。她的目光落在我身上，畏缩了一下，仿佛她突然记起来我在那儿。“去拿餐巾，行吗？”她说，指了指房间远端的一个红木碗柜。我在一堆陶制餐具和小玩意儿中找到了餐巾，当路·安妮没有显示出任何接手它们的迹象时，我在每套餐具旁摆了一块餐巾。

马库斯牵着凯茜的手，领着她来了。她在睡衣外面套了一件蓝色的绗缝长袍，扣子一直扣到脖子。她没有被牵住的那只手里捏着一个玻璃罐，一些黑色的小珠子在罐底晃来晃去发出响声。她没有一直走到桌子旁，而是揪着辫子在离桌子还有几步的地方扭捏不前。“凯茜，”马库斯说，

“向路易丝问好。”但她只是盯着看。马库斯又试了一遍。“凯茜。”他说，但路·安妮打断了他。“哦，算了吧，”她说，“她知道这是谁，我跟她解释过。”她拉开一把椅子，坐下来，开始切一条面包。

马库斯略微耸耸肩，在我旁边的椅子上坐下。现在他离得更近，我发现他的套头毛衣肘部磨得很旧了，前面还有一个正在脱线变大的破洞。他拍拍他另一边的椅子，凯茜坐了下来。她把玻璃罐放在她面前的桌子上，我发现里面黑色东西不是珠子，而是十几只死掉的、没有翅膀的青蝇。马库斯拿起罐子，把它放在凯茜椅子边的地上。他把凯茜的火腿切成小块，接着又同样把她的番茄切成小块，她的目光始终跟着他的餐刀前后移动。他从自己的盘子上叉满了一叉子食物，冲凯茜点点头，把叉子放进嘴里。仿佛这正是她一直在等的信号，她拿起她自己的叉子，同样照做。

马库斯转向我。“你觉得你更喜欢哪一种语言？”他说，“英语还是法语？”

又来了，这又是一件他知道的关于我的事情。“英语，”我说，“我实在不喜欢法语。”

他放下刀叉，好奇地端详我。“那么为什么学它呢？”

“我妈认为会一门外语很有用。对教书来说。”

“你想做老师？”

我已经感觉到很难跟马库斯解释在我们家“想”这件

事从来就无足轻重。“是，”我说，“我想做老师。”

“我曾经做过老师，”路·安妮说，“我在西班牙教了一年英语。学校就在海边。”

“瓦伦西亚，”我说，“我们有一张那里的明信片。”我妈梳妆台的镜子上插着一张边角都卷了起来的明信片，上面印着一栋被野橘树环绕、有着白色围墙的残破房子。它自我记事起就插在那里，存在时间长到我从来都没问过它是谁寄来的。

“我不敢相信你妈还留着它，”路·安妮说，“她总是太多愁善感了。”但我能看出她很开心。

“一个多愁善感的人，”马库斯说，“是一个渴望享受体验一种情绪的奢侈，却无须支付代价的人。”

我以为他是在为我解释，我有点生气，因为我当然知道这个词的意思，虽然我不能像那样表述出来。

“马库斯在圣三一大学学习哲学，”路·安妮说，“我们由此学到很多。”

“其实，那句话出自王尔德。①”马库斯说。

此时马库斯放下刀叉，于是凯茜也不吃了。她拨弄着食物，把一块块火腿推到盘子的边缘，当它们掉在盘子外的桌布上时，她还咯咯地笑。我等着路·安妮纠正她，但她却没有管。马库斯用餐刀轻轻地敲敲凯茜的盘子——两

---

① 马库斯所说“一个多愁善感的人……”这句出自王尔德的长信《自深深处》。

声钟鸣般的尖锐敲击，仿佛他要发表讲话——她大笑起来。她用手指捡起一块火腿，丢进嘴里，并继续咯咯地笑。她张着嘴巴咀嚼，露出嘴里一堆嚼烂的粉色肉泥，于是我们全都盯着自己的盘子，一桌人陷入沉默。外面驶过一辆巴士，喷着尾气，接着又嘶嘶地开走了，随着傍晚的最后一束光落在花园里，我感觉到一波偏头痛的来袭。

后来，我发现马库斯已经有一年多没去大学上课了，也不再是注册学生，虽然他确实有时背着一挎包书去那里。他似乎也没有任何工作。破了洞的套头毛衣让我以为他家境贫寒，但现在我断定他家很有钱，那种让这类事无关紧要的有钱。他在这里住了快三年，凯茜很崇拜他。我刚来那周的周三，我从学校回来，发现他俩在房子侧面，往山墙上扔球玩。有人铺了一个露台，我爸会说它铺得很拙劣，因为铺路板少了好几块，另外一些则没有固定好。凯茜穿着一条红色长裙和一件白色马球衫。她的头发没有梳成辫子，她追球时，头发便在肩头飞舞。有时她能接住球，但大部分时候球会越过她弹开。对于十月初来说，这天异常暖和干燥，每次球弹到地上都会扬起一小片灰尘。

我快速拿下背上的帆布挎包，跑过去，把自己安插在马库斯和凯茜之间。游戏变得节奏更快，球砸在墙上的声音变得更响，扬起的灰尘也变得更浓重。然后马库斯非常大力地把球掷向山墙，球弹回来时飞过我，砸在后面的围栏上，打翻了一个陶瓦花盆。凯茜尖叫起来，用手拍着脸，接着大笑起来，很快我们全都笑成一团，上气不接下气地在花园里踉跄地跑来跑去。我停下来擦擦眼睛，朝房子望去，发现路·安妮正在山墙上的一扇高窗边注视着我们。我看看打碎的花盆，它从中间彻底地裂开，泥土撒出来，撒在草地上。路·安妮打开窗户。“那围栏已经快坏了，”她说，“最好不要去碰它。”马库斯从草地上捡起他的套头毛衣，没跟我和凯茜说一句话，便走在我们前面，先进了屋。

之后不久的一天早上，通常一直关着的凯茜的房门开着。路·安妮正从床上扯下被单。“辖区护士要来，”当她看到走廊里的我时，她说，“我以为她明天才来，但她打电话来说她的排班表有所变动。”她看上去筋疲力尽。“我能帮忙吗？”我说。我以为她会说不用，但她一定是特别累，因为她考虑了一下说：“要不你把床铺好吧。”她指指一摞折叠着的干净床品。“至少用两条被单，把它们塞塞好，否则她只会把它们踢掉。”早些时候，马库斯出去了。我能听到楼下电视的喧哗，凯茜正在开足音量看动画片。当路·安妮去开门让护士进来时，我快速四下打量了一下房间。真是一团糟，衣服胡乱地塞在一个洗衣篮里，各个架子上挤满了旧饼干铁盒，鞋盒子，装满颜色不搭的珠子、铜币和纽扣的广口瓶。我发现路·安妮对混乱有很高的容忍度。楼下她自己的房间曾经是厨房的一部分，她的东西不停地从临时隔板后面冒出来：紧身裤袜垂在椅背上，嵌着一缕缕头发的梳子被留在灶台旁。

护士长着一张圆脸，脸颊红扑扑的。“乡下来的，”我们看她领走凯茜去卫生间的体重秤上称体重时，路·安妮小声地说，“她认识你妈妈那个从克莱尔莫里斯来的姑姑。”我铺好床，从路·安妮身边挤过去离开房间时，擦到一个下层架子上的金属罐。罐子掉到地上时，盖子弹开来，一种看起来像灰的难闻物质撒在地毯上。我弯下腰去查看它是什么，发现那是死掉昆虫的残骸，几十只干枯的死虫子。它们可能是蝴蝶，也可能是蛾子，因为里面有一些可能曾经是翅膀的半透明碎片。有人把许多虫子标本钉在一张包着绿色织物的卡片上，但上面只剩下虫子长满绒毛的桶状腹部。

“快点，”路·安妮说，“趁凯茜还没发现。”她跪到地上，开始用手把地毯上的东西全都舀回金属罐里。我也加入，但我们的动作不够快。凯茜和护士已经互相挽着胳膊从卫生间回来了。凯茜稍微哀嚎了一下。她挣脱护士，往前冲，抓住我的肩膀。我往后倒在地毯上，接着她爬到我身上，用拳头打我、捶我，揪住我的头发。她抓了一大把地上的粉砂，捣在我的脸上，用力塞进我的嘴唇里和牙齿间。路·安妮和护士大喊着拉她，但她比她俩中的任何一个都更强壮。只有当她移动重心时，我才得以挣脱出一只手，然后我重重地甩她耳光。她立刻停住了，僵在那里。她恐慌地盯着我看，接着，仿佛所有的狂怒都从她体内抽离消失了，她瘫倒在我的胸口上，抱住我，大声哭泣。

路·安妮和护士把她从我身上架走，让她坐在床上。她依然在哭，路·安妮搂着她，哼着一首她喜欢的歌曲，抚摸着她的头发，试图让她平静下来。我跳起来，跑到卫生间。我朝洗脸池里吐口水，在水龙头下用水漱口，并再度吐口水。我拿起牙刷，大力刷牙，刷舌头，刷牙龈背面的牙缝，直到我吐出来的口水变成粉红色，直到我的嘴巴里面感到刺痛。刷完后，我意识到自己正在颤抖，我扶着洗脸池，稳住自己。我听到路·安妮和护士从房间里出来，走到楼梯口，小声地交谈。“只会变得更糟，”护士说，“她一直在长壮。你将如何应付呢？”

“这不会发生，如果我的另一个住客在这里的话，”路·安妮说，“他对她很有一套，但他周三都得去听课。”关于马库斯，我好奇她为什么要费劲对护士撒谎，因为他是不是在听课，对护士来说，又能有什么区别呢？然后，她的声音变得更轻了，但没有轻到我听不见，我听见她说：“她最近不太对劲，自从……”说到这儿，她停顿了一下：“自从我们的居住情况发生了变化。”

这天的大部分时间我都待在自己的房间里，我以为路·安妮会来找我。我和我妈吵架时，我妈就是那么做的，虽然我不完全明白事情是如何发生的，但我知道我和路·安妮是在闹矛盾。下午三点左右，我下楼去做一个三明治。一道垂帘布将路·安妮的卧室和厨房的其余部分分隔开来，我能听见帘布后她的收音机发出的噼啪声。我用水壶烧水，咔嗒咔嗒地拨弄着面包箱的盖子，让她知道我在那儿，但她没有出来，我拿着三明治回到楼上。那天晚上九点过后，门铃响了，接着是一阵寻常的拨弄门闩的动静。之前我睡着了，这时我坐起来，抚平头发，把自己调整成一个想象中更为优雅的姿势。我听到马库斯和路·安妮先是在门厅里说话，然后随着他们走去客厅，他俩的声音也逐渐变轻消失。过了一会儿，我听到楼梯上传来脚步声，接着有人敲了一下我的房门。“进来。”我说。

马库斯走进来，站在我的床边。这一次，他没穿那件绿色的套头毛衣，而是穿了一件散发着烟味的红蓝格子衬衫。他拿起我之前在看的书，一本我大学课程大纲里的书，他把书翻过来看封面。“啊，是的，”他说，“里斯①。你觉得她怎么样？”

“她很棒。”我谨慎地说。我本可以多说几句，但整个星期我都无法摆脱脑海里库里布里②蛮荒的景象，枯花的气味跟活物们的气息混在一起；一匹被毒死的马躺在树下，它的黑眼珠周围飞着苍蝇。但我认识到跟马库斯讨论书时要谨慎。当我没有再说什么时，他叹了一口气，合上书，

---

① 根据后文来看，这里指的是英国小说家简·里斯。

② 这一句里提到的都是简·里斯小说《藻海无边》里的内容。《藻海无边》是以《简·爱》里的“疯女人”为主角创作的小说，库里布里是她儿时在牙买加生活的庄园。

在床的边缘坐下。“路·安妮跟我说你今天打了凯茜。”

“她压在我身上，”我说，“她在打我，而且……”

他抬起一只手。“你一定再也不能那么做，”他说，“任何情况下都不能。你听到了吗？”

“她可能打死我。”

“无论她做什么，你一定再也不能打她。”

一整天我都在想象他会怎么安慰我。整件事的不公让我感到痛苦，我把腿甩到床的另一边，不把脸对着他。他伸出胳膊，把一只手搭在我的肩膀上。“听着，”他说，“这很重要。这一定不能再发生。你明白吗？”

我点点头，没有看他。

“你觉得，你能道歉吗？”

我不喜欢这个主意。“她睡着了。”我说。

“我是说你能向路·安妮道歉吗？”

“不能。”我说。

他叹了一口气，站起来，用手撸撸头发。“好吧，”他说，“但至少我能告诉她，这不会再发生吗？”

“告诉她这点好了。”我说。我掀起上衣，指着就在我肋骨下方皮肤上的一圈淤青，我满意地发现它已经颜色变深，青得发紫了。他绕着床，走到我这一边，停下来检查我的淤青，轻轻地骂了几句。我看见他的头发和衬衫领子都有点湿，我想他一定是从市中心走回来的，所以他才到家晚了。他好像是要摸一下我的淤青，但他又把手收回去了。“假如我需要看到任何这样的证据才相信你，我真是该死。”他边说边站直身体，他没有再多说什么，便走出了卧室。他离开后，我试着继续看一点我之前在看的书，但我做不到。我关掉灯，穿着全身衣服钻进被子里。我把被单拉到脸上面，夜晚蛾子们总是鲁莽地撞在我卧室台灯发热的灯泡上，早晨地上到处散布着它们发黑的残肢，我第一次对它们感到害怕。

第二天晚上，我在大学的食堂吃饭，直拖到我胆敢的极限才回家。尽管我完全没有发出任何声响，路·安妮放我进门时还是把一根手指放在嘴唇上，她一边锁门一边说：“嘘，她睡着了。”之前马库斯解释过，门闩是为凯茜装的，她夜里有时会恍惚地走到楼下，一次还走到了街上。我猜想我和路·安妮还在闹矛盾，但她一锁好门，就说：“我去泡点茶。”她消失在厨房里。我走进客厅，在桌子边坐下。“天哪，”路·安妮端着一个托盘回来说，“天几乎都黑了。”她放下托盘，在房间里走来走去，打开所有灯。她的脸颊发红，我注意到托盘上除了茶具，还摆着一小瓶威士忌。她在桌子边我对面的位置上坐下，把茶倒进两个马克杯里——我到的第一晚所用的精美瓷器再也没有出现过。“马库斯在哪里？”我说。

路·安妮皱起眉头。“我怎么知道？”她说，“他是一个年轻的小伙子。你和我为什么要费神担心他呢？”她凑近我。“那正是女人们做的事情，”她说，“她们一直这么做；她们担心男人。我们做过这事，我和你妈，对于男人，我们都是傻瓜。”她往自己的茶里泼了一些威士忌，似乎考虑了片刻后，又把酒瓶递向我。我摇摇头，她又往自己的杯子里多洒了一些酒。“你知道你需要做什么吗？”她说，“你需要交些朋友，而不是每天晚上都待在这里。你年轻，这是你玩乐的机会。假如你妈在这儿，她也会这么跟你说。”

我很怀疑这点，但不等我说任何话，路·安妮便站起来，去乱翻一个抽屉，她一边拨开旧商品手册和零碎的布料，一边发出恼火的啧啧声。她翻出一本相册。“我想给你看点东西。”她说。她用拇指翻过一页又一页，接着停在一张照片处。我过了一会儿才反应过来这是一张她和我妈的合影。照片一定是我父母结婚前很久拍的，因为我妈穿着一条短裙，还在抽烟。“你跟她长得一模一样。”路·安妮说着用一根手指托住我的下巴，把我的脸先斜向一边，接着又斜向另一边。“那天你出现在我的门口，像是一个幽灵。”她叹了一口气，把相册翻到另一张照片处。这是一张凯茜更年轻一点时的照片，她展开双臂站着。她的整个手掌几乎都被一只红蓝双色蝴蝶盖住了，一只硕大的珍贵蝴蝶，它的翅膀边缘布满了一圈圈银色的圆点，肚子上覆着一层金色的绒毛。

“老爸从商品手册上订购了它，”路·安妮说，“它一路从菲律宾寄来。邮票几乎跟蝴蝶一样漂亮。我还留着它们。”

我盯着蝴蝶，想象它被人从一片五彩斑斓的雨林中捉到，杀死，装盒，运到德拉姆康德拉的一栋潮湿压抑的房子里。

“凯茜很喜欢老爸，”路·安妮说，“他总是帮她采集蝴蝶。她非常想念他。”

就在这时，马库斯到家了。路·安妮拉开门闩，放他进来，他一进门我就知道他喝酒了。路·安妮肯定也注意到了，但她只是从碗柜最上面拿了一个镶着金边的小雪莉酒杯，往里倒了一些威士忌，递给他。他往后一仰头，一口喝完，接着拿过酒瓶，又给自己倒了一杯。他打开电视机，往一把扶手椅里一瘫。电视上正在放一个赛车节目，让房间满是赛车引擎的尖叫声。路·安妮走到电视机跟前，把它关掉。“帮我搭把手。”她指指钢琴说。我不知道她是叫我，还是叫马库斯，但马库斯没有动，于是我站起来，开始帮她搬东西。一个水罐，我以为它是空的，结果里面却盛着浑浊的水，水上还漂着一些花瓣残片，我拿起它时里面的东西便从边上晃了出来。“小心点，”路·安妮说，“那钢琴值两万块。”我手里拿着水罐，愣在那里，棕色的黏稠液体滴落在深色的木质琴盖上。躺在扶手椅里的马库斯开始大笑。我看见路·安妮强忍住笑，接着她也大笑起来。“要是它值那么多钱，你不觉得我会卖掉它吗?”她边说，边在琴凳上坐下。“看看你的周围。假如我能卖，你觉得这里有什么东西是我不会卖的吗？”

“要是我有钱，我会去阿根廷，”马库斯说，“我们镇上有个男人就那么干了。这边买一百英亩地的钱，你能在巴塔哥尼亚[①]买一千英亩。我永远也不会回来。”

路·安妮轻轻地嘟囔了几句。她把钢琴上剩余的杂物都撸到地上，掀开琴盖。我回到桌边。我不懂琴，不知道她弹得好不好；钢琴很可能走调了，这很可能是音调粗糙、有点走样的原因。我发现她不会唱歌：她勉强唱完了一首邦妮·泰勒[②]的歌，还有其他一些我不知道的、她驾驭失败的歌曲。然后她停下来。她起身，没有看我和马库斯，小心地合上琴盖，走出了房间。我听到她穿过走廊，走进厨房，从那儿起，她的脚步声随着她走进她的卧室而逐渐消失。

马库斯小口喝着他的威士忌，盯着我看，我也盯着他看。他坐的扶手椅旁的小桌上摆着一盏台灯，斜照着他的脸庞，他的深色头发和胡须，外加深色的眼眸，让他看上去像是巴洛克油画里的人物，卡拉瓦乔画里的耶稣，圣光焕发地发出责问。假如他再说我打凯茜的事情，我准备好了要如何回应。他站起来，拿着他那杯威士忌，走到我坐的地方。他俯身吻了我，我感觉到他粗糙的胡须痒痒地扎着我的脸，还尝到他舌头上的威士忌余味。他放下玻璃杯，

---

① 南美洲最南端的一片广袤地带，以安第斯山脉为界横跨阿根廷和智利两国。

② 威尔士女歌手，以其独特的沙哑嗓音闻名。

把我拉起来，又吻了我，这一次吻的时间更长，他的双手从我的头发里捋过，往下滑到我的脖子上，又搭在我的肩头。我以为自己听到走廊里传来一声动静，抽身出来。他疑惑地看着我。

“路·安妮……”我说，把头朝门的方向斜了斜，但他只是笑笑。“啊，我的小路易丝，”他说，“总是那么多虑。”他又要来吻我，却中途停住了。“你的名字取自她，对吗？”他说，“我刚意识到。你的名字取自路·安妮[①]。”这似乎让他觉得好笑；他微笑着摇摇头，然后拉着我的手，默默地把我带到外面的走廊里，上楼走进我的房间。

他把我推倒在床上，脱掉他的牛仔裤和衬衫，在我身边躺下。他解开我的上衣扣子时，我留意听着隔壁凯茜房间里的声响，以及楼下路·安妮的声响。他解开我的胸罩，一只手肘撑着他自己，盯着我看了一会儿，接着用一根手指慢慢地绕着我的一个乳头轻轻地转圈。我躺着一动也不动，他的手指慢慢地移到我的肋骨处，停在那块此时已经变深成青紫色的淤青皮肤上。他把嘴贴上去，亲吻它。“可怜的路易丝，”他说，“你妈把你送来这儿，是在想什么啊？”他的嘴唇沿着我的腹部往下移动。他解开我的牛仔裤，把我穿着运动鞋的脚拽起来半悬着，然后我又感觉到了他的嘴，温暖潮湿，感觉到了他忙碌的舌头。“嘘。”当

① 路（Lou）是路易丝（Louise）的昵称。

我忘我地发出一个声响时，他说，接着他伸手拿起地上他的夹克，从一个内袋里掏出一片正方形箔纸包装的东西。

事后，他说了一些他之前从未说过的事情：他的家人——主要是他的母亲和妹妹，因为他的父亲死了——原来住在奥法利，似乎并不富有，而是经营着一家小杂货店，并耕种祖母留给他妹妹的一片四十英亩的地。

“你什么时候去看她们?”我问，因为我意识到他从来没有哪个周末不在这里。

“我不去。”他说。

我好奇他妈怎么会允许这样。我已经回过一次在图阿姆格拉尼的家了。“但他们是你的家人。”我说。

“你想一下，什么是家人?”他说，“那只是发生在你身上的一件事情而已；一帮人，不是你选的，而是强行要你跟他们有关系。我认为我们有权选择我们自己的家人。”

你的家人就是你的家人，我想，而且你对此无能为力。我想说这点，但害怕这可能全都跟哲学有关，然后我会看起来很蠢。我摸摸他胸口的深色毛发，静静地没有说话。

“你知道假如我可以随便去哪里，我会去哪里吗?”他说，接着他又开始说阿根廷。这时，我们已经钻到被褥下面了，他说话的时候，手搭在我两腿之间潮湿的凹陷处，手指心不在焉地挑拨着我。我一定是迷迷糊糊地睡着了，因为后来我醒来时，看到他在门口，随着他带上身后的房门，他的侧影在楼梯平台的灯光下一闪而过。

周日早晨，我发现路·安妮和马库斯正在厨房里做三明治。马库斯一边切一块芝士，一边抬起头说：“我们要去湖边，你可以一起去。”

“她怎么会想去湖边？”路·安妮说，“我自己也不会想去，只是我向凯茜承诺了。一年里的这个时候去，简直是发疯——我们都会冻死的。”

“不冷的。”马库斯说。他朝窗户点点头，一道十月的稀薄阳光正透过百叶窗斜斜地照进来。

“我想去。”不等路·安妮再说什么，我就抢先说道。我很庆幸，甚至是兴高采烈。最近这几天马库斯几乎不理我，即使我努力跟凯茜相处，以此来迎合他。

路·安妮从橱柜里拿出一个水壶，给它注满开水。她开始往里一勺勺地加速溶咖啡，一边加一边轻轻地数着勺数。

“你有游泳衣吗？”马库斯问。

“冷得要命，不能游泳，”路·安妮给水壶盖上盖子说，“凯茜会蹚水玩一会儿，我们吃我们的三明治，然后我们回家。”她把水壶装进厨房桌上的一个深蓝色的手提旅行袋里。

我有一套红色的比基尼，是去年我在去戈尔韦的一次购物之旅时买的。它跟着我一起从戈尔韦来到图阿姆格拉尼，又从图阿姆格拉尼来到都柏林，我却一次也没穿过，我妈也没看见过。我走到楼上，换上它，在卫生间的镜子前仔细打量它看起来怎么样。不错，我想，它看起来不错，然后我重新把衣服套在它外面，走下楼。

我以为我们会去坐巴士，但路·安妮事先租好了车，一辆小小的红色福特嘉年华。她开车，凯茜坐副驾驶座，我和马库斯坐后排。仪表板上散布着几盘卡带，路·安妮选了一盘播放，结果那是一盘德彪西。在奢华暧昧的音乐中，我们沿着德拉姆康德拉路行驶，奇怪的和谐氛围让我感到不安，带给我一种无法准确形容的感觉。我腿上抱着一块格子图案的野餐垫，马库斯把手伸到下面，搭在我的大腿上。路·安妮开车很不稳：她转弯幅度太大速度太快，还在一个交叉路口闯了红灯。那天早晨，城里安静，平和，依然挂在枝条上的零星黄叶让树木的轮廓变得柔和，我们驶过墓地时，一个老头抬起一只手跟我们打招呼，可能是把我们错认成其他人了。

我们开了一个小时，或许更久一点，从大路转上一条更窄的路，接着又继续开了一会儿，一直开到路变成了一条泥土小道。我们前面是一个湖，周边田地中陷下去的一池水，湖一头的小树林一直延伸到地的边界。靠近湖边的地方，树苗在湖床里扎了根，长成了一半的树从水中伸展出来。当土路消失时，我们穿过一片田地慢慢朝山下驶去。路·安妮把车停在尽可能贴近湖边的地方，车子如此贴近湖边，让我害怕假如车子的刹车失灵，这辆嘉年华可能会滑入水中。

我们全都从车里出来，路·安妮从我手里一把抓过野餐垫，都不等我说我可以拿。我去拿后备厢里的野餐篮，但她也拿走了篮子。湖是灰灰的一片，静止无澜，远处的湖中央黑得像缟玛瑙。路·安妮把垫子铺在一块草皮上，坐在上面，遥望着湖，没有打开身边的野餐篮。凯茜已经在费劲地脱衣服了，一直脱到只剩下一件深蓝色的连体泳衣，她把衣服乱扔在地上，让马库斯去收拾。我注意到，她的腿上布满了橘皮组织凹坑和长长的青筋，我为自己注意到这点感到羞耻。马库斯卷起裤脚。他朝凯茜伸出一只手，朝水走去，但她在碎石滩上蹲下来。水面上散布着蜻蜓，它们全都死了，可能都是死于最近的一次天气变化，因为即使有阳光，这儿也比城里冷。她捡起一只死蜻蜓，但它碎裂开来，让她手里只捏着它的一条腿。她一边大声地骂，一边开始收集其他死蜻蜓，把它们在一块大石头上排成一行。

我脱掉鞋袜，把牛仔裤褪到脚踝，脱在地上。我把T恤衫拉到头上脱掉，我胳膊上的汗毛像一片尖刺一样竖起来。此时我的身上只剩下比基尼，我把一只手伸到背后检查带子是否系好。我没有看马库斯，走向不远处的湖。碎石滩刺痛我的脚，但我没有停步。当我蹚进水里时，水冷得刺骨，但我硬是扛住了，我继续往前走，直到湖水轻拍着我的大腿根部，然后我停下来，依然背对着他，让他打量我。我的脚趾踢到一块石头，我知道它一定在流血，但我无所谓。我站在冰冷的水里，让他看，我则望着湖另一面的山丘。那里的田地被照料得更好，田地周围有围栏，一栋农宅立在一块空地上，像是康斯特勃[①]画里的景致。一个牧场里有一些黑白的牛，一切都是那么恬静有序，渺小遥远。我一头扎进水中，想象从岸上看我是什么样的，我背部的弧线，白色肌肤映衬下的红色比基尼。我又往外游远了一点，在湖中央附近停下来踩水。只有这时，我才回望过去。

马库斯背对湖，正在跟路·安妮说话。她依然坐在垫子上，穿着全部衣服，肩膀上裹着一条毛巾。凯茜在更远一点的地方，在碎石滩上抓虫子。马库斯和路·安妮正扯着嗓子大声说话，但我离得太远，听不到他们在说什么。我周围的湖水黑漆漆的，寂静无澜，我低头看我的脚，它们看起来白得吓人。岸上，马库斯开始打手势。路·安妮扔掉毛巾，跳起来。她紧挨着站在马库斯身边，挥舞着胳膊，一度呼喊起来。接着她从他身边走开，过了一会儿开始奔跑，越跑越远，消失在树林中。

马库斯盯着她看了一会儿，然后终于转身面朝着湖。他的手撑在臀部站在那里，注视着继续踩水的我。他把衣服脱到只剩游泳短裤，蹚进水里。他游过来时，我望着他深色的脑袋像水獭一般渐渐接近，当他靠拢时，我转身朝对岸游去。我站在浅水中，等待着，像一只从深处冒出来

① 约翰·康斯特勃（1776—1837）是18世纪到19世纪英国著名的风景画家。

的动物，湖水一注注地从我的身体上流下来。他什么都没说，一下把我抱起来，把我平放在一丛提供了一点屏障作用的常青灌木后面。他解不开我比基尼胸罩打结的带子，直到我把手伸到背后，自己替他解开。他爬到我的上面，接着没有任何上次那样的前戏，他把我的比基尼泳裤拉到一边，猛插进我的体内，他的嘴巴堵着我的嘴，一只手揉着我的胸。他越来越猛、越来越快地在我的体内抽插，把我压进下面的泥地里，我想象一个凹陷像一条蠕虫的石膏模一般慢慢成型，在冬天到来时变硬石化。他呻吟着瘫倒在我的胸口，我们一起躺在那里，我的胳膊上和腿之间都是泥，头发像一股股粗绳似的粘在一起，仿佛是一只被浮油浸透的鸟。

他突然从我体内抽离而出，坐起来，开始重新穿上泳裤。我也坐起来，这才注意到路·安妮的声音从湖对岸传来。我四下寻找我的比基尼，发现它漂浮在湖水的边缘。当我系好比基尼带子时，马库斯已经到湖中央了，我出发跟在他后面。我看见路·安妮站在及腰的水里。她大喊凯茜和马库斯，接着又喊凯茜。马库斯赶到她身边，抓住她的胳膊，把她拉向湖岸。她试图挣脱他，但他捏住她的肩膀。“听我说，”他说，“她不在水里。她不会自己下水，你知道这点的。”

“你怎么知道她干了什么？”路·安妮说，挣脱出来。“是什么让你认为你了解我的女儿？”此时我到了他俩跟前，颤抖地站在马库斯旁边。路·安妮从我们身边蹚水而过，重新回到湖里，来来回回拍打着水面，直到把水搅成一片浑浊的棕色，什么都看不见。

“她跟着你去了树林。”我说。这只是一个念头，一种可能，但我一把它说出口，就知道事情一定是这样的。路·安妮立刻开始朝树林奔去。我和马库斯费劲地穿上衣服和鞋子，去追她。刚跑进树林一小段距离，小径就分成了两路，一条继续直线向前，另一条则轨迹不太清晰地往山上走。马库斯停下来，我也停下来，但路·安妮却朝山上跑去。“必定是这条路，”她说，“如果她走的是另一条路，我会看到她的。”小径的旁边开始出现垃圾——吃空的薯片袋子，用过的脏尿布——这些迹象表明我们正在走回主路。小径变宽，变清晰，我看见前方有一片亮光。现在没人说话。马库斯和路·安妮在前面，表现得仿佛我没在那里。当路·安妮的脚被树根绊住时，马库斯伸手稳住她，她握着他的手，牢牢地握着，他们继续往前跑。然后我们跑出了树林，站在一条马路的硬路肩上，在突然出现的阳光下眨着眼睛。这正是先前我们转上土路前行驶的那条路，因为我认出了一片吸引过我的注意的田地。它的格局像一个马场，此时一个男人正骑着一匹灰马练习步伐，让它跳过一系列彩色杆子构成的障碍。

“她在那里！”路·安妮说。我眯起眼睛，看见凯茜在隔着大约二十码的地方，就在主路消失、通往湖的那个拐弯处后面。穿着泳衣的她看起来很奇怪，犹如什么搁浅或遭遇海难的东西，一条儿时故事里的美人鱼，金发披在肩膀上。她背朝着我们，正走在路中间，即将转弯。从远处看，她透出几分庄严，几分优雅，光线照在她的头发上时，她的模样几乎升华了。“凯茜。”路·安妮喊道。这时她，凯茜，转过身，看到我们。她没有立刻朝我们走来，但她一定是认出了我们，因为她挥挥手。路·安妮依然握着马库斯的手，在旁边的田地上，男人依然在骑马，一跳一顿，马蹄节奏平稳地踢在地上。一辆汽车从转角处驶来。它撞到了凯茜，把她掀到半空，她的腿和身体形成一个奇怪的角度。她摔在汽车引擎盖上，车载着她又往前开了几码，才减速刹住，把她甩到地上。

多年后，我回家去参加一个会议，一时兴起开着租来的车绕道去找那个湖，我拿出租车公司提供的地图，猜测我们那天可能开的是哪一条路线。最终，我开到了一汪深色的水跟前，我知道它不是那个湖，但我还是停留了一会儿，知道自己不会继续寻找后，我把车开回机场，登上了飞机。当时我在美国中西部的一所大学任教。凯茜死了一年后，路·安妮卖掉德拉姆康德拉的房子，在克莱尔郡买了一栋小房子。现在她住得离我妈更近了，但她们极少互相拜访，却继续互寄圣诞卡片。我妈说路·安妮在这些卡片里问起我，但我从未追问过细节。

事故发生几周后，我搬出那栋房子，马库斯也搬走了，但我和他没有保持联络。我见过他一次，那是几年后，在坦普尔酒吧区里的一条街上，他胡子刮得很干净，穿着一套西装。他跟其他几个穿着西装的男人一起，站在一栋办公楼门口。我经过时，他迅速低头看地面，我很高兴他这么做。现在我很少想起他，但直至今日，我听到德彪西时，都没办法不感到喉咙发紧。有一次在丹佛，我正准备去开会，却冷不防在电梯里听到德彪西的管乐，我不得不溜进洗手间，把自己在一个隔间里关了十分钟。那天下午在德拉姆康德拉路的房子外面的露台上玩球的场景，不时闪现在我的脑海里，尽管我希望不要想起它。这段记忆像一个讨厌的小囊肿，不肯消失，在皮肤表层下颤动。那个干燥的十月天，凯茜，皮球，小团的灰尘；路·安妮从楼上的窗户往下看，她脸上的忧伤和失望，当时我把它归咎于被打碎的陶瓦花盆，但现在我明白那完全是因为其他事情。

正在坠落

早上七点出头，外面的花园里，她九岁的儿子芬恩正在把一张网球网系在两棵树之间，他用的不是寻常的系法，不是人们用来打网球时的那种系法，而是水平展开，犹如挂一张吊床。他穿着一条太短的长裤，可能是去年校服的下装，没有穿鞋。房子这一边的地高低不平，但很漂亮，被一堵低矮的石墙围起来，越过石墙能看到田地对面莱伊什港里的灰色石板房顶。“我觉得告诉他鸭子的事情可能是一个错误。”比尔说。

“不是鸭子的问题，”她说，“如果不是鸭子，也会是别的东西。”

他们在房子前部一个有装饰檐边的高顶房间里喝咖啡，她一直把这个房间视为餐厅，但两年过去了，房间依然没有装饰好，只摆着他们从老房子搬来的一张红木小桌子和两把仿安妮女王风格的椅子。房间狭长，有一扇朝南的飘窗，还有一扇略小的俯瞰侧花园的窗户，他们的儿子正在侧花园的树木间跑来跑去，反复检查他打的结。球网是他在工棚里找到的。不是他们的，但她想现在算是他们的了，它被留在房子里，属于他们之前的某任房主。芬恩把它征用来捕捉死掉的，或即将死掉的鸟儿。鸟儿，似乎是世界末日的下一任伟大信使，芬恩断定在它们正在坠落的过程中抓住它们很重要。在鸟儿之前，是关于昆虫的漫长两周：一丝不苟地记录蜘蛛、苍蝇和甲虫，每天晚上把死亡昆虫的数目加起来记在一本印着蓝线的抄写本上。

比尔离开窗户，过来挨着她在桌子边坐下。他穿着一件过去在银行上班时穿的旧衬衫和一条运动裤，衬衫虽然旧，却很贵，是一件浪凡法式细条纹双叠袖衬衫，皱巴巴的，因为他昨晚穿着它睡觉。他不再去理发，现在他略显花白的头发软趴趴地垂在耳朵下面。

“今天你能送芬恩去学校吗？”她说。这半是询问，半是要求。

“我们得看情况，”他说，“我们不能仓促行事，对吧？”

他从椅子边的地上拿起一本书。这本书她之前没见过，精装的封面上印着一只华丽的迦陵频伽[①]，她扭过头以免自己看到价格。家里到处都是它们，这些书，还有期刊，卫生间里和他们的床旁边都是一堆堆小塔般卷角的书刊，它们还会随机出现在厨房的架子和窗台上。它们中的大多数是关于艺术：东方艺术，日本古董，室町时代的绘画，刻着精细金叶子的上漆木雕。它们是那种以前她会给她自己买的书，假

---

① 即妙音鸟，出自印度神话和佛教传说，是一个半人半鸟的神鸟形象。

如它们不是死贵的话，她可能依然会喜欢这些书。

“快一个月了，”她说，“他需要回去上学。他的停学处罚一周多前就结束了。”

比尔没有立刻回答。而是郑重其事地翻过一页书，掀起光面纸，让它落下，用一只手抚过纸页上一座祠庙前一排光秃秃树木的单色印刷画。“我认为他还没准备好。”他说。他指指花园，芬恩正靠在球网上，用自己的体重测试它。“看看他。他很开心，不是吗？”

她的外套挂在她的椅背上，她拿起外套，披在肩上。这个房间很冷，即使是在四月份，即使已经堵上了烟囱，用绝缘胶带封上了框格窗开裂的窗框，房子原配的窗户都没有更新过，正如之前拍卖师指出的那样，一切都旧得让人诧异，她也清楚这点。如果芬恩不去上学，对比尔来说更为轻松，她想；那样的话，他就不用跟孩子一起走到车站，跟他一起坐公交车进城，不用送完回来，更不用下午放学时重复这一趟路。

“令人惊讶，当你想一下，”他说，“深深地陷入太空。”

“不好意思，什么？”她说，接着意识到他是在说书里的事情。他的心思已经不在他们的谈话上了，他只是边看书边随口跟她说些什么，而她则边喝咖啡边吃着一片面包。桌子上方，挂着一盏铅晶吊灯，犹如冬日里的一棵树，缺了大部分垂饰。她应该把它拆下来，处理掉，她想。她应该把它放在外面的工棚里，跟其他垃圾放在一起，去宜家买盏灯。她曾想象之前住在这里的人的生活，那是用他们留下的东西拼凑出的一种想象。一驾轻便马车的框架，它的金属车脊在工棚的深处生锈；粗陶热水罐。但现在她突然觉得自己之前可能猜错了；可能不该用他们留下的东西，而该用他们带走的东西来想象他们的生活，但这样的话，她就永远也无法了解他们。窗外，芬恩正朝球网中心投掷不同尺寸的石头。“如果你真的决定送他去上学，”她说，“我收拾游戏室时，找到了他学校的领带，它挂在他的衣柜里。”

“好的。”他头也不抬一下地说，她明白今天芬恩是不会去上学了。

关于鸭子，她是这么跟芬恩说的：昨天，在圣斯迪芬绿地，池塘里的鸭子死了，是那个小一点、围着青铜绿色栏杆的池塘，就在通向购物中心的侧面出口边，不是死了一两只，而是全都死了。抄近路穿过公园去办公室的路上，她在一小群人聚集的地方停下脚步，看到了它们。比尔是对的，这不是一个适合讲给小孩听的故事，尤其不适合讲给这个小孩听，他是如此敏感，有时她觉得空气通过他的周围都可能撕掉他的皮肤。但她到家晚了，也很疲惫，一进厨房就看到他们一起轻松安静地坐在桌子边，她觉得需要宣布她到家了，主动说些什么以进入他们的世界。于是她一股脑地讲了鸭子的故事，一些鸭子几乎完全浸没在水里，只有一个翅膀尖或一缕尾羽露出水面，另一些则躺在泥泞的岸边，它们有着宝石眼珠的脑袋在淤泥里压出鸟嘴的凹陷。一只鸭子爬进草丛里，倒在山楂树丛带刺的枝条下，她知道如果她去摸它，它一定还是热的。她说话时，芬恩一直看着她，她几乎能听见他脑子里纷乱的思绪。比尔把土豆泥和豌豆装盘时，抬了一下眉毛，土豆泥和豌豆是唯一能劝说芬恩吃的晚饭。她朝烤箱望去，想看看他是否为她做了些其他东西。他跟随着她的目光。“你要的话，我可以给你做个鸡蛋。”他说。

“没关系，”她说，“这样就行。”她想知道比尔白天到底是怎么过的，但对她来说，这个谜就跟房子之前的住户一样高深莫测。他并没有把时间花在房子的维护上。他印了名片宣传他作为财务顾问的服务，但至今都没接到客户。她在厨房桌子边坐下，坐在芬恩的对面，看着他像往常一样吃东西：先一粒粒地吃豌豆，然后再吃土豆，全程紧紧地皱着小眉毛，她能想象鸭子们在他脑海里复活，摇摇摆摆、歪歪扭扭地走着，翅膀拍打着墙壁。

她把胳膊滑进外套里，拿起门厅里的公文包，走到外面停在房子前面的汽车旁。“再见，芬恩。”她说，并抬起手挥了挥。他也对她挥挥手，然后继续去解一个绳结。她放下公文包，穿过草地，鞋跟在潮湿的地上一步一陷，她在球网边停下。有一个片刻，她想象爬上去，闭上眼睛，睡在上面会是什么感觉。芬恩已经设法把绳结解开了，现在他又拿着绳子在绕树走，但这次是在一个更高的点一圈圈地打转，准备再把绳子系紧。当绳子不能再绕得更高时，他停下来，开始打结。“这里，”她说，“让我来。”

“必须打一个管结，”他说，“你能打一个管结吗？”

她摇摇头。“那么我最好还是让你来吧。”她说。

草地上铺着一张张的纸。她停下来细看，发现它们上面布满了错综复杂的图表，纸张的边缘写满了诸如“瘟疫”和“世界末日”之类的词，还有各种手绘的鸟儿小图片，肚子胖胖的小东西，腿长脚大，不成比例。这些图画中有一本杂志，是一个不时来家里传教的女人给的。她是为数不多敢穿过泥泞小路来拜访他们的人之一，更准确地说，是拜访比尔和芬恩，因为她总是白天来。

“传教的人来过这里了？”她捡起杂志说。

“你是说莫莉吗？”

从何时起，他和传教的女人都互相直呼其名了？“她叫这个名字？”

“是的。”他已经系好绳结，正拉着绳子的末端看它牢不牢。

“那么莫莉是什么时候来这里的？”

“昨天。但她不能待很久，她得去拜访一个老远从弗吉尼亚过来住在湖边的女人。”对绳结感到满意的他，回到他妈身边。“弗吉尼亚是女孩的名字，”他说，“但它也是美国的一个地名。美国最早的花生种植就始于弗吉尼亚，但现在弗吉尼亚人主要是种植烟草，这不道德，也造成各种问题。”

“莫莉长什么样？”她说，意识到自己这会儿应该已经开车在路上了。延误的代价奇高无比；如果她开上 M50①的时间不对，十分钟的路就得开一个小时。

芬恩思考了一会儿。“你知道萨莉，《蓝山》里的驯马师吗？”

“蓝山？那是在哪儿？”

“是一个电视节目。”

她摇摇头，他又试着解释。“你知道《木星帮》里的卡拉公主吗？”

比尔让他看的到底是什么节目？下个月她要预约一天休假，她决定；哪怕半天也行。她要约见校长，她要给一个儿童心理学家打电话，她要给那个从银行打来电话的女人回电。不再有任何理由指望比尔会做这些事情。

芬恩专注地眯起眼睛。“你知道安吉丽娜·朱莉吗？”

天哪，她想，这个福音派教徒不是她想的那样。她想的是——她知道那是一个类型化的可笑形象——一个穿着朴素连衣裙、主妇模样的中年女子，十九世纪摩门教徒和天主教修女的结合体，灰白的头发梳成一个发髻，外加男性化的系带皮鞋。“是的，”她说，“我知道安吉丽娜·朱莉。

① M50 是都柏林的一条 C 形环城高速公路，是爱尔兰境内最繁忙的高速公路。

她是像那样的吗？”

“有点，”他说，“她的头发像她，眼睛像她，但她没有那么高。她皮肤也晒得更黑。”

如果以她送来的杂志为评判依据，她是一个以批判自负、虚荣和肉欲之罪，以批判大多数事物为人生目的的女人，嫉妒这样一个女人是很荒谬的。她走去把杂志放进她的公文包，但儿子从她手中抢走了它，跑到不远处，盘腿坐在草地上。她看着他阅读：多么认真的一个小孩，认真，热诚，而且奇怪，尽管承认这点让她感觉痛苦。她走过去，站在他旁边。

“我们生活在最后的日子里，”他头也不抬地说，“很快，野兽的军队会到来，将有瘟疫和火海。”

“把它给我。”她说着伸手去拿杂志，但他动作比她快。他跳起来，朝花园的尽头跑去，随着他奔跑的脚步，杂志的书页在他手中飘动。她看看手表：没时间去追他了。“等我今晚下班回家见。”她一边说，一边往回穿过草地走向她的汽车。

她行驶在大街上，绕开路面上最深的凹坑，较浅的坑洼则减速驶过。她的右边，与长满苔藓的石墙形成对比的是一道粗糙的柱杆栅栏，它把他们家的宅地与隔壁的荒地隔开，曾经这片荒地也在他家房子的地界之内。开发商觉得这栋房子没有用，便把它围起来，把它跟一个一英亩的花园一起卖了。她和比尔第一次来看房时，车道的尽头有两扇很高的铸铁门，但他们搬进来时，这对门不见了，后来她了解到它们是被建筑商的一个债权人拆走了。这片荒地本来是一个三室双拼楼开发项目的第二期。去年冬天，暴风雨把地周边的巨幅广告牌都刮倒了，现在它们半埋在草里，印着秋千、微笑的情侣和花坛的广告的剥落碎片像古代马赛克的残余。项目的第一期是远处的一块地，一片已经陷入弃置状态的住宅区。她听说有几栋楼有人住，尽管没有管道和电，有一次，当她穿过荒地透过的栅栏窥视时，她看到一栋楼外停着一辆厢式小货车，另一栋楼外放着一大堆垃圾袋。

三个星期前，在地理课上，芬恩打了坐在他旁边的男孩，直接打在嘴上。“没有任何明确的理由。”校长说，但后来发现被打的男孩曾把手放在芬恩的胳膊上，阻止他上下抖动胳膊。“那构成了人身攻击，”比尔说，“芬恩是在自卫。”

“他们是九岁的男孩，”她说，“我们能否不要像他们被公诉那样讨论他们？”显然，这件事涉及很多血，一定程度的恐慌，还掉了一颗牙齿，但后来发现那是一颗乳牙，无论如何都是会掉的。“这不是重点。”当比尔提出这点时，校长说，她忍不住想假如她自己单独去的话，停学处罚可能只有一周，而不是两周。

中午，她带着午饭去了公园。天气凉爽，几乎没有太阳，有很多长凳空着。她选了一棵树下的长凳，坐下打开三明治包装。公园管理处的一辆厢式小货车开到小池塘边，倒上草地停下来。一个管理员从车里出来，走到小货车的背面，打开车门，放下坡道。从她坐的地方，她能听见他发出一系列咕咕的劝诱声。最终，一只鸭子吃力地走出来，恍恍惚惚的，仿佛小货车是一只未来派的蛋，它刚从里面孵出来似的。它呆呆地在坡道上站了一会儿，然后它后面突然出现了更多的鸭子，它们推来挤去，它想转身回去也来不及了。十几只鸭子，或许更多，下车来到草地上，油亮的各种绿色、蓝色和斑驳的棕色混在一起，当管理员把它们朝水里赶时，一个小孩开始扔面包，一块面包还击中了一只鸭子的脑袋。管理员继续哄着它们往前走，现在它们正蹚入水中，游起来，彼此紧挨着形成一个个小圆圈移动，然后才逐渐散开。

它们本该让她高兴，却没有。它们跟昨天死去的鸭子们别无二致，假如昨天早晨她没有抄近路穿过公园，假如今天她没有带午饭来这里吃，她下次来游览时，甚至可能会以为它们是同一群鸭子。有一种诡计在起作用，一个花招在暗示第一群鸭子从未存在过，唯有她一个人，在沉默中见证，明白是怎么回事。她把剩下的三明治放进垃圾桶，离开公园，走回办公室。之后，她在电脑的搜索引擎里输入“斯蒂芬绿地的鸭子死了”，但她的查询没有生成任何相关的内容。

六点刚过，她开车回家，收音机轻轻地放着一个音乐电台。她喜欢上下班的这段路，驶出城市的车流，沿着蜿蜒的乡村道路驶入莱伊什港，接着又驶出来。有一栋房子每天晚上都会吸引她的目光，一栋跟他们自己家同时代造的同样风格的房子，十九世纪初乔治时代的建筑，但维护得更好。冬天，装着蜡烛的玻璃罐挂在冬青树上；现在是春末时节，水仙花在长长的林荫道边绽放。今晚当她驶过时，她没有觉得受到鼓舞，而是感觉受到了警告。如果他们吃完晚饭，天还亮着，她要试着把房产西南角里的蜂箱清理干净。她会叫芬恩来帮她；这或许能让他不去想那些死掉的东西。他们可以把蜂箱漆成别的颜色，把它们用作种植箱；她没有任何饲养蜜蜂的欲望。养蜂的装备——一套养蜂服、一顶面纱防护帽、一个熏蜂喷烟器——跟其他东西一起被留在工棚里，她把这视为之前住在这里的人养蜜蜂的证据，但这可能更能说明他们不养蜜蜂；充其量不过是失败的养蜂人。她说不出任何原因，但她知道这全套养蜂装备不属于那个拥有轻便马车的人；这些东西，她肯定，是两拨不同的人留下的，是两种不同生活的遗弃物品。

今天下午的早些时候下雨了，毛毛细雨，让通往房子前门的三级台阶变得湿滑。前门上方，就在装着防盗警报器的盒子下面是一个圆顶铜门铃。门铃的拉绳不见了，但金属舌头还在，偶尔刮大风时她依然会被一声尖锐的高音吓一跳。她自己开门走进门厅里，觉得自己闻到了一种做菜的气味，不是土豆或豌豆。比尔走出厨房迎接她。“你猜怎么着，”他说，“我获得了一个面试机会。”

“那太好了，”她说，尽量显得不要太惊讶，因为她之前已经开始怀疑他不再找工作了，“是面试什么工作？”

“是阿赛博物馆的一个职位。”

“博物馆？”她困惑地说，“你的意思是在会计部门？”

“是更偏向于动手操作，”他说，“给展品编目、整理档案那一类的活。”

谨慎，她警告自己，你对此要谨慎应对。在脑子里，她已经开始计算他回程的巴士车票钱了，加上新的通勤服装，还有雇人来照顾他们儿子的费用。为了让她自己多一点时间考虑，她忙着把外套挂在挂钉上，然后她再度转向他说：“芬恩在哪里？”

“他在厨房里，”比尔说，“正担心着鸭子们。”他开始往回朝门厅另一头走，她跟着他。“那么这份工作的薪水是多少？”她问，尽量显得不经意。

“他们说我们可以在面试时讨论。”

“但他们是会给工资的吧？”

“当然。”他在厨房门口停住脚步，皱起眉头。“你可以试着听起来更高兴一点，”他说，“你希望我找个工作。好吧，那正是我在做的。”

她想要告诉他这跟意愿毫无关系；他们彼此的意愿很久以前就变得无足轻重了。“对不起，”她说，“我只是……你明白的……什么时候面试？”

“明天下午四点。这意味着我三点一过就得离开这里。”

“但谁来照看芬恩呢？”

“我以为你可以下午请假。”

“我有约好的事情，”她说，“如果你提早点通知我……”她没有说完这句话。芬恩正坐在厨房的桌边，她看到他面前盘子上的那东西，第一眼她以为是一件玩具，但实际上是一只死鸟。悠着点，她告诉自己。深呼吸。她走过去，站在他旁边。用叉子戳着死鸟的他，抬起头，对她微笑。死鸟小小的，颜色很深，黑色和棕色的羽毛，浅粉色的爪子蜷缩着。“你用网子抓到它的吗？”她说。她想象它从天空中掉下来，它被绷紧的网子弹起来，又再度掉回网中。

“不是的，”他说，“我在河边发现它的。”

她看着他从死鸟的肚子上拔下一根羽毛。“你在干什么？”她说，“它可能死了。”

“它是死了。”他说，“它得了瘟疫。”他正在动作干脆地拔毛，在鸟身上搞出一块布满鸡皮疙瘩的粉色光秃皮肤。他拿起一把刀，戳戳光秃处，仿佛是要切一个口子。“好了，”她说，“玩够了，马上把它从桌上拿走。”在她身后，比尔正从烤箱里拿东西出来。这是几周来他第一次好好做饭。她看着他揭开烤盘上的锡纸，当猛然冒出的蒸汽散开后，她看到那是一只鸡。

晚饭后，比尔消失在厨房外他们用来看电视的房间里。她放弃了引导芬恩弄蜂箱的念头：他吃完土豆和豌豆，就把死鸟的尸体拿到外面的花园里，坐着继续检查它，他是如此全神贯注，让她不忍心叫他放下它。她洗好碗碟，走进电视房加入比尔。这是一个小房间，可能曾经是一个女佣房，比房子前部的其他大房间取暖效果好。比尔坐在一把扶手椅里，把穿着袜子的脚搁在电暖炉的杆子上烤。她同事中有一个人的老公去年接了一份在迪拜的工作。当然，有不少难处，她同事说，但每两个月她会把孩子留给她妈，飞过去一周。三年后，他们在经济上能重新好起来，还是值得的。现在看看比尔，坐在那儿阅读他的一本艺术期刊，她希望他也能去迪拜；她希望这点的强烈程度，以及她考虑这点时的镇定程度，让她震惊。她走到一个橱柜前，拿出一瓶圣诞节时剩下的白兰地，给她自己倒了一杯，再给他倒了一杯。他从她手里接过杯子，什么都没说。

“或许你明天可以把芬恩带在身边？”她说。

他从期刊上抬起头。“拖着一个小孩去面试？那我还是干脆不要去了。”

现在她明白这事会如何发展，未来任何时候她暗示他该找个工作，就会回到这个局面：他想要找，他试过找，她使之挫败。她喝了一大口白兰地。“我想你应该去。”

她说。

“你约好的事情怎么办?”

“我不能推掉第一件事，但我会叫人顶替我做后面的几件。给芬恩放一盘他的 DVD。我会在三点半之前到家。”

“你的意思是把他独自一人留在家里?”

她几乎想说那跟其他任何一天也不会有太大的区别。就她所知，比尔大部分时间似乎都是留儿子一个人玩玩具。

“只是半个小时，”她说，“他不会有事的。你走之前给他吃午饭。”

“我每天都给他吃午饭的。”他说。他沉默了片刻，然后又说：“你真觉得我应该去?”

“是的，”她说，“我真这么觉得。”

“那么好吧，”他说，“我去。”

轻便马车最有可能属于一个名叫伊莉莎·哈丽雅特·史密斯威克的女人，根据房契，在1886年作为婚姻授产协议的一部分，她被授予了这个房子和一百英亩地的终身权益。这块地是她的一个祖先从芒特拉斯伯爵那儿花八十英镑十先令的巨款买来的。哦，她和比尔曾跟律师一起对此大笑——八十英镑十先令！——因为那时任何事情都可能是好笑的，无论是什么。他们在经济崩溃前的最后几周买了这个房子，当时市场像一个飞在空中的皮球，已经无声无息、不知不觉地停止上涨，在抛物线的顶端停了一瞬便开始下跌。

第二天晚上，她超速行驶在大街上时，就想着这件事，她的手紧紧地握住方向盘，紧得让指关节泛白。时间刚过五点一刻。没人能代她处理约好的事情，或者更准确地说是没人愿意为她代班。上班的地方，最近就是这样的情况：每个人都假装忙碌，每个人都在观望，就像玩室内游戏的孩子盯着椅子，知道音乐随时会停一样。比尔在两点时打来电话，询问某件蓝衬衫在哪里。“一定要锁好门。”她说，他对此的回答是他总是锁好门的，但这完全是谎言。她没有告诉他她会晚回家。

结果，前门是锁着的。她走进门厅，听到一部卡通片的预录笑声和配音。“嘿，芬恩。”她放下公文包喊道。她挂好外套，把头探进电视房的门边。扶手椅边的地上丢着一盘豌豆。电视上正放着一盘DVD，但房间里空无一人。“芬恩？”她又喊道，“芬恩，甜心，妈妈回来了。”他也不在他的卧室里。她一个个地查看楼上的房间，然后又再检查楼下，她发现餐厅的窗帘在飘动，看到窗户开着。

她继续喊他的名字，一边绕着房子和花园搜寻。她爬过柱杆栅栏，进入隔壁的荒地。从她站的地方，她能一直看到远处沿着河的土路，以及旁边另一块地上未建好的房子。她把手拢在嘴边。“芬恩。”她大喊。

一个男人正快速走在土路上，不时还跑起来。他突然转向，朝她走来，他低着头，手插在防水连帽夹克的口袋里。他三十几岁，她猜想，顶着一头杂乱的棕色头发，蓄着红棕色的络腮胡，一边的脸颊上长着一片粉刺。“我听到你喊他，”他说，“我知道他在哪里。”

“哪里？”她说。

“那边，”他指着那片房子，“我之前看到过他。”他的夹克破破烂烂的，他穿着脏兮兮的灰色运动鞋，没穿袜子。

“谢谢你。”她简略地说。她朝前迈了一步，他却依旧站在她面前。

“我看你有时开车出去，”他说，“早上。”

她不知道这是不是在试图恐吓她，但他正咧着嘴笑，笑容坦诚中透着一点空洞，她认为他大概没有恶意。“是的，”她说，“没错。我在城里上班。”她从他身边绕过，快步走开，想要拉开他们之间的距离，踩过一卷像蛇一样缠绕在草地上的废弃电线。他追上来，走在她旁边，离她近得胳膊都擦到了她的胳膊。如果他变得难缠，她就跑去一栋有人住的房子，她决定；她现在离那些房子比离她自己的房子更近。

“从这里穿过去。”男人说。他急跑在前面，正在铁丝网围栏上拉开一个大口子。他像一个孩子般积极，一边微笑一边撑住铁丝网的口子，她注意到他瘦弱的手腕上布满了伤痕。她俯身往口子里钻，这么做时，她感觉到他的手摸了一把她的后腰。下一片空地上，几十栋房子在她的前面铺开。大部分房子的窗户都被砸碎了，它们黑漆漆地立在傍晚的光线里，周围满是杂草和垃圾。那里，依然，堆着她之前记得的垃圾袋，但没有了厢式小货车，没有任何有人在此居住的迹象。男人领着她穿过散布着罐子和碎玻璃的场地，来到一排房子居中的一栋前。“在这里。”他说，并翻过一扇窗户的窗台，但她摇摇头。窗台下面的地面泥泞不平，满是各种尺码的脚印。“我儿子在哪里？”她说。

男人站的地方可能原本是一个起居室。地面是粗糙的混凝土，吹进来的种子在缝隙里生根发芽，杂草从裂缝里冒出来。她看见一个角落有一个属于芬恩的马克杯，杯子旁边是她姐姐在芬恩生日时送给他的夹克。他来这个地方多久了，她想要知道。他跟这个男人一起瞎混多久了？因为男人的东西也在这里——衣服，纸箱，一个睡袋——全都堆在房间中间。她深吸一口气。“你跟我说你看见过他，”她说，“那么你能告诉我他在哪里吗？”

他从一堆垃圾里捡起一根金属棒，用它敲了几下地面。他来回挥动着棒子，穿过房间走到壁炉前。然后她发现，她之前以为是一捆毯子的东西其实是一只伸开四肢的狗，已经死了，脑袋跟身体形成一个奇怪的角度。它的背上有一大圈秃毛，秃毛的中间有一块酒红色的斑点，像是一块胎记，斑点往外延伸，逐渐变成更浅的红色和粉色。男人两手紧握金属棒，将它高高举起，接着又抡下来，将它刺入死狗的胃部。

“他在哪里？”她尖叫道，并用拳头用力地砸着窗台。

“你对他做了什么?”

他茫然地盯着她看,用一只手的手背揉着眼睛,仿佛他刚睡醒似的。“今天早晨他在这里,”他说,“我不知道他现在在哪里。”

她转身往回跑,朝围栏上的缺口跑去,一路跌跌撞撞的,不但摔倒了,还划破了大腿。她费劲地拉开铁丝网钻过去时,她的双手不停地颤抖。但她跑远了一点时,她停下来喘口气。她往后看,去看男人有没有跟上来,但视野里没有他的踪影。她站了一会儿,试着想一下要做什么。有可能她在这里时,芬恩已经回家了,从窗户重新爬进去,现在就在那里,等她,等他爸,他爸很快就会到家。也有可能他正在河边,搜寻死去的东西,全神贯注于他的活动,以至于他没有听到她喊他。随之其他可能也接踵涌入她的脑海,但她不去想它们。她朝自家的房子望去,像陌生人那样看它,以他人的目光审视它。它看上去像是一个废弃的前哨基地,庄严却衰败,遭洗劫过一样。太阳在空中进一步下移,现在它照在窗玻璃上,让它们闪耀得犹如被点燃了。一度她想象她看到一个女人的脸贴在窗格上。伊莉莎·哈丽雅特·史密斯威克后来怎么样了,她好奇,假如她看到人们对她房子和花园的改造,她会怎么想?她意识到自己腿上的刺痛,低头看,发现膝盖在流血。“芬恩!”她喊道。

然后她听到了:一声叫喊,一声胜利的开心轻叫,是她儿子的声音，从河的方向传来。她转过身，看见他正站在长满草的河堤顶端，阳光从他几乎泛白的浅金色头发上反射出来。她开始朝他跑去。他手里拿着一根枝条，正像舞剑一般在空中挥动它，并发出嗬嗬声。她跑到他跟前十几码的地方才意识到他不是一个人。一个三十岁左右，晒得黑黑的苗条女人正躺在草地上看书。阳光透过树木照下来，把河岸上的阴影分成一道道的，把她的长发晕染成一缕缕不同的颜色。女人从书上抬头看。她看的是一本棕色皮封面的《圣经》，她用一根黄色的丝带标记好页面，才把它合上，坐起来。"你好，"她说，用一只手为眼睛遮阳，"今天天气好极了，不是吗？我们觉得待在室内太可惜了。"芬恩朝他妈挥挥手，但并没有朝她走去。他坐在女人旁边，从地上的一堆杂志里拿起一本。

有没有可能他们一直在这儿，没有听到她的叫喊？她清楚地意识到自己的大腿划破了，腿在流血，西装外套和铅笔裙显得格格不入，这里的一切都是安宁祥和的，阳光斑驳地照在她儿子的金发脑袋上，河岸边的杂草开满了蓝色和白色的小花。她在儿子身边蹲下来，拥抱他。"芬恩，"她说，"我担心死你了。"他微微一笑，却挣脱开她的胳膊，继续看杂志。她不知道该做什么，便在他旁边坐下，把腿缩在身下，藏起血迹斑斑的膝盖。传教的女人光着双腿，她注意到，光洁的棕色皮肤。她想要知道芬恩是直接爬出窗户跟她会合的，还是她先爬进去，再像魔笛手一样引着他穿过田野的。她想象她从一个房间走到另一个房间，坐在残旧吊灯下的红木桌子边，她猫一样的绿色眼眸，是的，它们像极了安吉丽娜·朱莉的眼睛，将所有的支离破碎尽收眼底。“天气好的时候，我们有时来这里，”女人说，“芬恩知道所有东西的名字——昆虫，鸟儿，植物。他是一部行走的百科全书。”

离我儿子远点，她想说，让你的野兽、你的火海和你的瘟疫都离我儿子远点。不过，她却说：“是的，他是一个特别聪明的孩子。”而且因为说完这句后的沉默似乎让人感觉她该再说些什么，她又指了指几英尺外一丛有着黄色花蕊的紫色花朵。它们可能是紫罗兰；她从来就对植物不在行。“它们很美，不是吗？”她说。

女人微微一笑。她拿起《圣经》，没有把它翻到她刚才看的那页，而是另外一页，开始阅读。“想想田野里的百合花，”她说，“它们是如何生长的；它们不劳作，也不纺织，但我告诉你们，就连最显赫时的所罗门也打扮得不如这些花中的一朵。①”传来一种轻柔的沙沙声，是一个人在长得很高的草丛里走动的声响。比尔正穿过荒地朝他们走来，他的外套搭在一个肩膀上，脚步轻松从容。“爸爸。”芬恩喊道，他跳起来朝他爸跑去。

她闭上眼睛不看她的丈夫，直到她知道他离得够近，

① 这段话出自《圣经·新约·马太福音》6：28—29。

已经看到她了，当他没有挥手或大声喊时，她转过身。她重新躺在草地上，朝天望去。一群小鸟，可能是椋鸟，正呈箭头形在树上飞。她看的时候，它们凑在一起构成了一个颤动的深色圆球形。一度，它们似乎定格了，仿佛有人按了暂停键，但正当她以为它们一定会坠落时，它们却像划过夜空的枪声般突然散开。

其他星球上的恐龙

从房子后面的栅栏这里，凯特能看到她丈夫在小木屋边，那儿的杂色灌木丛逐渐让位给一排排浓密的树木。“科尔曼！”她喊道，但他没有听见。她看着他把斧子抡出一道干净的弧线，心想，从这个距离看，他可以是任何年纪。最近，她发现自己好奇他很年轻时是什么样子，一个二十岁的男人。那时她还不认识他，他们相遇时，他已经四十岁了。

现在是四月初，田野和沟渠在冬天之后再度绿了起来。草的边缘蔓延到外面，让小径的通道变得更窄。“没什么事情。”当她离得还有几码远时，她喊道。他单穿着一件衬衫，外套丢在他旁边的草地上。“伊玛从伦敦打来电话，她要回来了。”

他放下斧子。“回来看看，还是回来不走了？”他已经拆掉了小木屋前面和一边的侧墙。旧天篷的框架躺在草地上，残留的绿色帆布依然缠绕在一根金属杆上。小木屋里面的地板上，假如可以称之为地板的话，她看见一些空啤酒罐、毯子和一团发黑的锡纸。

"只回来几天。她的一个大学同学有一个展览。她没跟我说太多的细节，你知道伊玛的。"

"是的，"他说着皱起眉头，"她什么时候到？"

"明天晚上，她带奥辛一起来。"

"明天？而她才刚打电话来说？"

"让他们在这儿住住挺好的。我们上次见过奥辛后，他就开始上学了。"她等着看他是否会提到那个房间，他却拾起斧子，仿佛等不及要继续干活。

"假如林业事务处来检查，我们怎么办？"她说。

"去年他们也没来。我们打电话报告醉汉和火灾时，他们也没来。"他抡起斧子砍向一根支撑着屋顶剩余部分的木梁。一声开裂的巨响，木梁却岿然不动。他收回斧子，准备再砍一次。

她转身，往回朝房子走去。离他们最近的邻居，丹尼希一家，在这周的早些时候播种了玉米，一根柱子上用绳子拴着一只乌鸦。她经过时，乌鸦被风吹起来，落在离地几英尺、比狐狸够得着的地方高一点。他们刚搬来这里时，她不知道这些乌鸦是真的，是为这个目的专门打的，她还曾问丹尼希夫人是用什么布料缝的乌鸦，丹尼希家的两个儿子，当时还小，就躲在他们妈妈的身后吃吃地笑。

晚饭后，她从晾衣柜里拿出蓝色泰迪熊图案的被套，把它铺在厨房的桌子上。猫从灶台边的垫子上爬起来，走过来检查。它一下跳到一把椅子上，脑袋歪向一边，观察她抚平被套的皱褶。被套还有配套的枕套和一个黄色兔子造型的睡衣袋。科尔曼在厨房的另一头，正在做一杯保卫尔牌肉汁热饮。“你觉得怎么样?”她说。

“很好。”

“你隔那么远不可能看得见。”她说。

“是跟从前一样的被套，不是吗?”

“好吧，没错，”她说，“但他们有一段时间没回来过了。我想知道这是不是有点太幼稚。”

“从现在到明天之前，你也找不到另一套了。”他说。她感觉自己的眼皮突然开始颤动，这通常是头疼的先兆。她原本指望看到被套会让他主动提出去搬他的东西，或至少是表示愿意空出房间，好让她去搬。“无论如何，都比那条棕色的羽绒被要好，”她说，“我们买它时，约翰还在读书。”但他只是快速喝完了肉汁饮料，冲洗马克杯后，把它倒放在沥水板上。“晚安。”他说，就上楼去了。猫从椅子上跳下来，轻手轻脚地穿过厨房，又回到垫子上趴着。

第二天早上，她从他的西装开始收拾。她等他出门了，接着把它们从约翰的老房间搬到楼梯平台对面他们的卧室里。曾经衣橱装得下所有的衣服，但如今当她把她的外套和连衣裙沿着挂衣杆推向一边时，它们却不听话地朝她晃悠悠地又弹回来，推来挤去，仿佛它们在过去的这一年里一直在繁殖、发胖。她拿着衣服、鞋子和书在两个房间来来回回弄了一个小时。两年前的冬天，科尔曼把木工车床——合作社员工给他的退休礼物——从工棚里搬进来，安置在他们儿子的房间里。他会车木头到晚上很晚，当她早上在门口探头看时，她经常发现他依然合衣睡在约翰的旧单人床上。接着，他的东西逐渐挪进了约翰的房间。他似乎对车床失去了兴趣——他不再向她展示做出来的台灯和碗——但一年里的大部分时间，他根本就没在他俩的卧室睡过。

科尔曼由着垃圾堆积起来——杂志，用过的电池，窗台上开裂的马克杯——她拿着一个大袋子，在房间里走来走去，把东西收起来。车床和切割木材的工具——凿子、弧口凿、刀——都放在墙角的一张书桌上，她用一个盒子把它们装起来。她把科尔曼的睡衣放在一边，给床铺上干净的床单，被套上的蓝色泰迪熊显得很欢快，兔子睡衣袋竖在旁边的一把椅子上。她后退站着欣赏，却发现科尔曼在门口。他手撑在屁股上，正盯着她收东西的大袋子看。

“我没有扔掉任何东西。”她说。

“为什么孩子不能睡另一个房间？”他走到袋子边，一只手伸进去，掏出一节电池。

“伊玛的房间？因为伊玛会睡那里。”

“他就不能也睡那里？”

她看着他又把电池丢回到袋子里，手在袋子里乱翻，脸上有一种期待的表情，像是一个男孩在掏摸奖桶。他掏出那个开裂的马克杯，在裤子上擦擦，接着，让她恼火的是，他又把它放回到窗台上。

“他六岁了，”她说，“不是个小宝宝了。我想安排得特别点；我们几乎不太见到他。”这是真的，她想，这不是一个谎言。然后，因为他盯着她看，她又说：“而且我不希望伊玛问……”她停顿了一下，对着房间展开双臂。“问这个……”有那么一瞬，他看上去像是要反驳她。这像他，她想，一整年都不想谈，却决定在今天跟她进行这番谈话，在所有日子里挑出今天。他拿起睡衣和床下面她漏掉的一双鞋子，朝楼梯平台对面走去，一句话都没说。后来，她发现他叠整齐的睡衣放在他那边的床上，就是他以前一直放睡衣的位置。

车子开到房子前停下时，科尔曼正在门厅里打电话。凯特匆忙走出去迎接他们，惊讶地看到驾驶座上坐着一个男人。伊玛坐在副驾驶座上，她的头发比凯特记忆中的颜色更深、长度更短了。“嗨，妈妈。”她说，下车亲亲她的母亲。她穿着一件红色的长款上衣，胸口处像民族服饰一般用丝带系起来，黑色的裤子塞在一双红色的靴子里。她打开车子的后门，孩子跳出来。他比一般六岁孩子个头小，皮肤苍白，头发是沙色的，他眨着眼睛，虽然天光也不是特别亮。

“跟你外婆问好。”伊玛说，并把他往前推了推。

凯特感觉眼泪在涌出来，她抱紧孩子，闭上眼睛，免得让他困惑。“天哪，”她说，退后一步细看他，“你越来越像你的舅舅约翰了。”小家伙灰绿色的大眼睛茫然地盯着她看。她用手指拨乱他的头发。“你不会记得他的，”她说，“他现在住在日本。你见到他时，你还很小，还是个宝宝。”

驾驶座的车门打开，男人走下车。他身形纤弱，脸色黄黄的，穿着一件藏青色的休闲夹克，戴着一副深色边框的圆眼镜。他绕到车子侧面时，有点拖着一只脚，在沙砾地面上划出一道浅沟。凯特心里指望他只是司机，指望伊玛随时会拿出钱包付钱给他，但他把一只手搭在她女儿的肩膀上，她看着伊玛扭头用鼻子蹭蹭他的手指。他的年龄不至于翻她女儿一倍，但也接近了，四十多快五十的样子，她猜想。猫跟着她走到外面，这时它正弓起背，蹭着她的腿，尾巴来回摆动。凯特等她女儿来做介绍，但伊玛却把注意力转到了正在费劲弄连帽衫拉链的奥辛身上。“帕维尔。”男人说，并上前一步跟她握手。接着他打开汽车的后备厢，拿出两只箱子。

“我来帮你拿。”科尔曼出现在前门口说。他从帕维尔手中把两只箱子都抢了过来，把它们提进屋里，大步走到门厅中间才停下来。他在电话桌边放下箱子，站在那儿，双手插在口袋里。其他人也停下来，暂时在楼梯底部站成一圈。

“奥辛，”伊玛说，“跟你外公问好。他会带你去森林里打猎。”

小家伙睁大眼睛。“打熊?”他说。

“没有熊,”科尔曼说,“但我们或许能打到一两只狐狸。”

帕维尔的脚在地毯上动来动去。“哦,爸爸,”伊玛说,仿佛她刚想起来,“这是帕维尔。”帕维尔伸出一只手,科尔曼迟疑了一下才握住它。“幸会,”他说,接着他又提起箱子,“我带你们去你们的房间。”

凯特留在门厅里,看着他们走上楼梯,科尔曼走在前面,腿长步子大,其他人跟在后面。帕维尔是新任,她想;孩子在他面前很害羞,贴着他妈,一只手紧拽着她长上衣的下摆。科尔曼把一只箱子放在伊玛卧室的外面。他推开门,凯特站在楼梯底下看着她女儿和外孙消失在装饰过度的凌乱房间里,这个房间的墙上挂满了伊玛沉迷哥特摇滚风时画的油画。科尔曼把另一只箱子提到约翰的房间里。“这是你的房间。”她走进厨房泡茶时,听到他对帕维尔说。

“他出现有多久了?”科尔曼回到楼下时,他说。

“不要这样看我,”她说,“我也不比你知道得多。”

他在桌边坐下,手指不停地敲着油布。“帕维尔究竟是哪个地方的名字?”他说,“是东欧还是哪里?是立陶宛名字吗?是什么呢?”

她纠结要不要把瓷器拿出来用,但判定这是老式的做法,便改拿了陶制马克杯。“我估计之后我们会听到答案。”

她把饼干放在盘子上说。

“她不该这样突然把他带到我们面前，毫无预警。”

“是的，”她说，“她不该这么做。”

她找到了他们上次来时她买的塑料广口杯。那是两年多前的圣诞节，这个杯子上印着胸口鼓鼓的知更鸟和雪花图案。她用一条茶巾擦拭它后，把它放到桌上。“我每次见到奥辛，”她说，“他就让我想起约翰。即使他还是个坐手推车的小宝宝，他看起来就是很像约翰。我一定得拿相册给伊玛看看。”

科尔曼没有在听。“那么，我们究竟该不该问及另一个人？”他说，“还是什么都不说？”

她的眼皮跳得厉害，以至于她不得不将手掌平压在眼睛上，努力让它平复下来。“如果你是指奥辛的父亲，”她说，“不要提他，除非伊玛首先提到他。”她把手从脸上移开，发现她的外孙正站在门口。“奥辛！”她说，走过去，把一只手按在他纤软的头发上。“过来吃块饼干。”她递上盘子，看着他审视盘子里的东西，他的手指停在饼干上方，但并没有碰到饼干。终于他选了一块星形的巧克力饼干。他小心翼翼地咬了一小口，一边慢慢地嚼，一边像审视饼干一样仔细打量她，察言观色。她笑笑。“你坐这儿，跟我们讲讲飞机上的事情，好不好？”她拉开两张椅子，一张给孩子，一张给她自己，但小家伙却走到桌子的另一边，在科尔曼旁边坐下。

他吃完了饼干，科尔曼把盘子推得离他更近一点。“再吃一块。”他说。小家伙又选了一块，这次选得快很多。“告诉我，”科尔曼说，“帕维尔是从哪里来的？”

“切尔西。”

“他是干什么的？”

小家伙耸耸肩膀，又咬了一口饼干。

“科尔曼，”凯特厉声说，“你去看看冰箱里是否还有柠檬汽水。”

他看看她，就像她有时逮到猫睡在沙发上，猫看看她一样，眼神里既有内疚也有违抗，但他没说什么，站起来去拿柠檬汽水。

他们听见楼梯上传来脚步声，还有欢笑声，伊玛走进厨房，帕维尔紧随其后。她打开冰箱，拿出一盒一升装的牛奶，直接就着盒子喝起来。喝完她用手擦擦嘴巴，又把牛奶放回冰箱。帕维尔朝凯特和科尔曼点点头——一种轻松从容的点头——但他没有跟他们一起在桌边坐下，而是走到一扇窗前，望着外面的花园、灌木丛和更远处的森林。“它们像神一般，不是吗？”他指着山上慢慢旋转的三台风车说，“我觉得我应该给它们奉上几只死鸡——或为它们杀一头公羊什么的。”

他的嗓音让凯特想起一个过去在BBC上主持一档历史节目的男人，但隐约透着一点其他什么的，一点旋律，一点点拖长的元音。“不要提杀戮，”她说，“那些玩意儿引发了无尽的麻烦。”

“或许是羊不够多？”他说。

她笑笑，正想问他要不要喝茶，但伊玛却挽起了他的胳膊。“我们要去酒吧，”她说，“就喝一杯，我们不会去太久的。”她给奥辛一个飞吻。“乖乖地跟外公外婆在一起。”她走出门时说。

小家伙安静地坐在桌子边，慢慢地啃着饼干。凯特记起自己早上找到一盒桌游，留在空房间的椅子上。她想去拿，但帕维尔可能会注意到它不见了，那么就会知道他不在时，她去过那个房间。奥辛伸手又拿了一块饼干。“我们可以看看电视上有没有在放卡通片，”她说，“你想看吗？”

科尔曼狠狠地瞪着她，仿佛她是在建议把孩子送到煤井下干活。“电视会腐蚀他的脑袋。”他俯身凑到小家伙跟前。“你看，”他说，“你和我去猎狐狸，怎么样？”

小家伙立刻爬下椅子，把饼干和柠檬水都给忘了。“我们抓到狐狸后，拿它们怎么办？”

“等我们抓到再考虑这个。”科尔曼说。他转向凯特。“你不想去，是吧？”

“不去，”她说，“没事，我最好还是开始做晚饭。”她跟他们一起走到后廊，目送他们穿过花园，翻过花园尽头的围栏。小家伙从铁丝网下面钻过去时，头发被钩住了，她知道如果她现在走到围栏那里，她会在上面发现一缕丝滑的浅色头发，就像羔羊留下的一撮羊毛。到了围栏的另一边后，他们走过灌木丛、草地、荆棘和野树苗林，科尔曼走在前面，小家伙在后面几乎是跑着才能跟上。春季的第一波草正在疯长。等到夏天，草会长得更高，比小家伙的脑袋更高，比他的头发更金黄，直至变成没有收割的干草。他们走到以前是小木屋的那堆木材边，科尔曼停下来，弯腰从地上捡起一样东西。他一只手举着它，另一只手做手势，接着把它给了小家伙。天知道他在给孩子看什么，她想，也不知道他们捡了什么垃圾。无论那玩意儿是什么，她看见小家伙把它扔在草地上，然后他们继续往前走，人影越变越小，直到完全消失在树林里。她在厨房里走来走去，准备晚餐，给窗台上的盆栽天竺葵浇水。她在水池里把塑料杯冲洗干净，看着丹尼希家棚子上天空的变化，熟悉的光线流转标志着天色渐晚。

一小时后，她的丈夫和外孙回来了，动静很大地走进厨房。奥辛的鞋子和裤脚全是泥浆。他拿着一样东西，把它抱在胸口，当她走过去帮他脱鞋子时，她看到那是一个动物头骨。科尔曼走到厨房外的杂物间里，在报纸中搜寻，打翻了各种锅盘和刷子，还把门撞得砰砰作响。“你在找什么?”她说，但他消失在外面的院子里。小家伙待在厨房里，像抚摸小猫一样摸着那个头骨。头骨是一种泛黄的白色，有一个长鼻子和宽额头。

科尔曼回来时拿着一个塑料桶和一大桶五磅装的漂白

液。他从小家伙手里拿过头骨，把它放在桶里，在它上面倒漂白液，一直倒到桶的边缘。小家伙敬畏地看着。“好了，”科尔曼说，“这会把它洗得很干净。让它浸几天，你会看到它有多么白。”

“瞧，”小家伙抓住凯特的手，把她拉过来说，“我们找到了一个恐龙头骨。”

“更可能是一只羊，”他的外公说，“一只被铁丝网卡住的羊。恐龙们在几百万年前就被陨石杀死了。”

凯特盯着桶里看。黑色的小东西，可能是苍蝇，已经从头骨上分离出来，漂浮在漂白液上。眼眶部分有一圈绿色的东西，泥土的纹理深深地嵌在骨头里。

“什么是陨石？”小家伙说。

前门被打开，他们听到伊玛和帕维尔穿过门厅。“孩子不知道陨石是什么。”他们走进厨房时，科尔曼说。

伊玛朝她妈翻了一个白眼。她抽了抽鼻子。“这里闻起来像医院。”她说。

帕维尔在塑料桶边蹲下。“这是什么？”他说。

“是一个恐龙头骨。”奥辛说。

“原来如此。”帕维尔说。

凯特等着她的丈夫反驳他，但科尔曼却稳坐在角落里的扶手椅上，拿着一份报纸，举到胸口高度。她朝下看看帕维尔的头顶，发现他的头发有那么一丝丝的鬈，后面有一撮头发不服帖。他用的洗发水的气味既浓烈又香甜，像是一种橙香。她移开目光，去看外面的花园，看见傍晚的余光正在消退。“我去摘点香草，”她说，“趁天还不是太黑。”她拿了一把剪刀和一个篮子，走到外面。她先剪欧芹，然后是百里香，一边拂去爬到她手上的小虫子，还骂了把脑袋探进篮子里的猫。室内，有人开了灯。在花园的暮色中，她看着人影在厨房里走来走去，像是被摆着花卉的窗台框起来的一组家庭静态画面：一会儿是科尔曼和奥辛，一会儿是奥辛和伊玛，一会儿是伊玛和帕维尔。间或，她会听到一阵突然迸发出来的笑声。

回到屋里，她发现科尔曼、奥辛和帕维尔围聚在桌上的一个纸箱边，那是一个本来放在楼梯下面的旧泰托薯片纸板箱。她把香草放在水池边一个滤盆里，走到桌子边。头顶上，老旧的水管里传出嘎嘎的流水声：伊玛正在洗澡。科尔曼从盒子里取出几份布满灰尘的学校成绩报告，一辆少了前轮的金属玩具卡车，一罐玩具士兵。“啊哈！”他说，“我就知道它还在。”他拎出一个长纸卷，开玩笑地用它轻敲了一下奥辛的头。“我来给你看看陨石是什么样子的。”他说。

她看着科尔曼展开纸卷，把它平铺在桌上。纸又自己卷了回去，于是他伸手从附近的架子上拿了几本书，把它们放在纸的顶部和底部，压住它。这是一张海报，四英尺长，两英尺宽。“这里的这个，”科尔曼说，“是小行星带。”他的手指沿着海报中间的一个环形图案画了一圈，当他把手拿开时，他的指尖沾满了灰色的尘土。

帕维尔走到一边，让凯特看得更清楚些。她从她丈夫的肩膀上面凝视着海报上的广袤空间，一条由星星、月亮和尘埃构成的璀璨银河。单是它的规模，就让人晕眩：难以想象的空间和时间，浩瀚旋转的宇宙。我们在那儿，她想，假如我们能看见自己，我们在那儿，丹尼希一家在，在日本的约翰也在。海报曾经挂在她儿子的卧室里。它皱巴巴的，角也烂了，但还是完整的。她看着行星，想象它们那么多年一直在楼梯下面旋转翻动，它们的卫星则安静地在轨道上运行。她想起儿时的一个音乐盒，多年以后她在她妈的阁楼里偶然发现了它。她打开锁扣，掀起盖子，那个小芭蕾舞女居然奇迹般地开始转动，她的纱裙又破又黄，但她的胳膊却依然跟着音乐的节奏摆动。

“这是我们的人，”科尔曼指着左上角说，“这是干掉恐龙的家伙。”小家伙踮着脚，惊奇地凝视着海报。他用一根手指碰了碰科尔曼指出的东西，一个熊熊燃烧着的岩石球，后面拖着星雾和彗尾。“它只击中了地球？”

“是的，”他的外公说，“难道还不够吗？”

“那么其他星球上可能依然有恐龙？”

“没有。”科尔曼说。就在这同一刻帕维尔说：“很有可能。”

小家伙转向帕维尔。“真的吗？”

“我不觉得没可能，”帕维尔说，“有几百万个其他星系，亿万个其他星球。我打赌有很多很多其他恐龙。或许还有很多很多其他人类。”

“就像外星人？”小家伙说。

“是的，外星人，你可以这么叫他们，”帕维尔说，“尽管他们可能跟我们很像。”

科尔曼拿起海报边上的书，海报在一股灰尘中自动卷了回去。他把海报递给奥辛，然后把其他东西装回纸箱里，盖好纸箱盖。“好了，小伙子，”他说，“让我们把这个放回到楼梯底下。”于是小家伙跟着他走出厨房，海报像一杆火枪般夹在他的胳膊下面。

那天晚上吃好饭，凯特不要任何人帮忙。她把大家都打发去起居室打牌，她收拾桌子，把盘子都拿到水池里。山那边有三盏红灯照下来，它们是风车的夜灯，给飞机的警示。她在水池中放满肥皂水，看着肥皂泡形成蜂窝状，无数个小穹顶，在脏盘子上闪闪发光。

那晚，是将近一年里他们第一次同睡一张床，科尔曼在她面前脱衣服，仿佛她不在场一样。他神情自若地脱掉衬衫和裤子，把它们折好放在椅子上，接着穿上睡衣。她发现她自己像对待陌生人一样审视他的身体。在这儿，没有森林和山川为背景，也没有了他手里的斧子，她看出他老了，看出他腿上的肌肉衰弱了，他的胸毛变白了，但这些中没有任何一点让她反感，她只是注意到了它们。她从枕头下面拿出睡袍，开始解衬衫纽扣。解到第三粒扣子时，她发现自己无法继续，便走到外面的卫生间里脱衣服。她的身材没有完全变形。她用手托起胸部，它们是干瘪的，但她是苗条的，她的腿，是她一直引以为傲的，它们依然很有型。到目前为止，年龄尚未让她皮松肉坠；她的大腿和腹部很结实，既不松弛，也没有下垂，有时这是难免的。她还没有断崖式衰老，这发生在其他女人身上，让她们变得难以辨认，完全不是她们年轻时的模样；虽然那可能是还没到时间，因为她不过才五十二岁。

当她回到卧室时，科尔曼正在看报纸。她掀开她这边的被子，上床躺下。他朝她的方向扫了一眼，又继续看报纸。房间里很安静，只有翻动报纸的声响，山上有一只狗在叫。她看了几页小说，但没办法集中注意力。

“我考虑明天带小家伙去钓鱼。”他说。

她放下她的书。“我不知道那是不是一个好主意，”她说，“他今天忙了一天。我想开车去市里，带他去电影院。”

“他在伦敦可以去电影院。”

“我们明天看情况吧。”她说，并又拿起了她的书。

科尔曼把报纸放到一边，关掉他那边的台灯。他把脑袋放在枕头上，但又立刻坐了起来，把枕头拍拍松，翻过来，直到把它弄成他满意的样子。她关掉另一边的台灯，在黑暗中躺着，小心地安放自己的腿和胳膊，重新调整留给她的空间。一扇门被打开，又被关上，她听到楼梯平台上有脚步声，然后另一扇门被打开，又被关上。过了一会儿，她听到一些沉闷的轻响，接着是一阵不断重复的砰砰声，床头板碰撞墙壁的声音。这些动静在伊玛的老卧室里也能被听到，此时小家伙正独自睡在那里。她想到他晚上在那些古怪的油画中醒来，许多伸长脖子的乌鸦，奇怪的杂交生物，半鸟半人。她想象油画上的颜料颗粒变得松动，像一阵黑灰一般掉在正在睡觉的小家伙身上。科尔曼面朝墙壁，蜷着身体背对她。她看着他，砰砰声变得越来越响。他安静至极，安静到让她几乎觉察不到他的呼吸声，她立刻知道他醒着，因为自他们结婚起，他就一直是一个睡觉动静挺大的人。

第二天早晨，她一走到楼梯底部，就知道自己不是第一个起床的人。仿佛有人在她之前穿过了这里的空气，打破了夜里形成的无形薄膜。她能听到小家伙高兴激动的嚷嚷声从杂物间传来。他穿着睡衣，蹲在装满漂白液的桶边，他的旁边，是穿着牛仔裤衬衫、洗完澡头发还湿着的帕维尔。奥辛兴奋地指着桶里的某个东西。一只眼眶的积水中，有个东西漂浮着，一个小小的、白色的、胖乎乎的东西。

凯特弯腰去看。她的胳膊擦到帕维尔的肩膀，但他没有移开，也没改变位置，于是他俩就保持那样，几乎要碰到，盯着桶里看。白色的东西是一条蛆，隆起的肚子苍白肿胀。奥辛看看帕维尔，又看看凯特。“我能把它捞出来吗？”他说。

“不行！”他俩同时说，凯特笑起来。她感觉自己的脸红了，她站直身体，退后一步，离桶远一点。帕维尔也站起来，用一只手撸撸自己的湿头发。小家伙继续盯着蛆虫看，很着迷。他离桶是如此近，呼吸让水面泛起涟漪，他的刘海往前垂在他的脸上，几乎快要浸到漂白液里了。“好了，”凯特说，“看够了。”她托住他的手肘，轻轻地把他拉起来。

“我可以把头骨拿出来吗？”他说。

帕维尔耸耸肩，瞥了一眼凯特。今天早上他看起来情绪低落，她想，更为沉默。她低头看看头骨，看看脱离头骨漂在水上的渣渣，它的某种特质，空虚，毫无生气，让她感到恐惧，突然之间她就无法忍受小家伙的小手去碰它的念头了。“不可以，”她说，“它还没弄好。也许明天吧。”

伊玛没有露面吃早饭，当她终于来到楼下时，很显然他们之前吵过架了。她倒了一杯咖啡，肩膀上披着她爸的外套，走到外面去喝。她坐在花园边缘的金属长凳上，一边抽烟一边打电话。时不时，她跳着站起来，走来走去，来回经过厨房的窗户，电话贴在耳朵上，大声讲话。当她回到室内时，她没有进厨房来，而是在门厅里喊道：“拿好你的外套，奥辛。我们去车里。”

奥辛和帕维尔正坐在桌边，玩泰托薯片纸板箱里的东西。两轮卡车被征用来参战，战争还涉及士兵和一座用拼图片垒起来的塔楼。“我以为奥辛是要跟我们待在一起。”凯特说。

伊玛摇摇头。“不，”她说，“他要跟我走。他喜欢画廊。”

“我开车送你们。”帕维尔从桌边站起来，轻轻地说。

“不用，谢谢你，我能行。”

“你不习惯开那辆车，”他说，“我不用跟你的朋友们见面，我可以到了放你们下来，之后再去接你们。”

“我宁可走路。”伊玛说。

“听听她说的话，”科尔曼说，也不知道是在跟谁说，“伟大的徒步者。”他拿着一把螺丝刀，正在拆一个坏掉的多士炉，他把拆下来的部件都摊在他扶手椅边的地板上。“我们开我的车去。”他说。他朝奥辛点点头：“来吧，小家伙。”接着他没再说什么就离开了厨房。小家伙立刻抛下游戏，快步跟在他外公后面穿过门厅。他已经承袭了他走路的样子，一种滑稽夸张的步伐，两只手深深地插在口袋里。伊玛敷衍地亲了她妈一下，跟着他们走了。

他们离开后，帕维尔也告辞说他有工作要做。“恐怕我是一个糟糕的陪客。”他说。他上楼去了，凯特则忙着做日常家务，喂猫，叠洗干净的衣服，但她没有吸尘，以免打扰到他。她想知道他是靠干什么谋生的，她先是猜想他是一名建筑师，接着又猜想他是某种工程师。她戴上园艺手套，把垃圾拿到外面堆肥。花园是一团糟。冬天过后，花园里有很多折断的树枝、松球和暴风雪留下的其他残余，以及从森林一路吹过来的草木。她记得多年前，有一个男人来挨家挨户地售卖航拍照片。他给她看了一张他们家的照片，房子的旁边是森林。她震惊地发现，从空中看，森林完全是一个长方形，仿佛是用三角板画出来的，所有的边角和线条都清晰干净。

中午过后，下午刚刚开始。她留神去听头顶上方是否有他在房间里走动的声响，但一切都很安静。最后，她上楼去看看他是否想吃点午饭。她敲敲门，听到床垫弹簧发出的嘎吱声，接着是穿过房间的脚步声。当他打开门时，她看见床上铺满了纸张，黑白的街景，一些部分有蓝墨水画的影线，她想，没错，他还真是一名建筑师。“你本可以用餐桌的，”她说，“我没想到。”

“没关系，”他说，“我在哪里都能工作。而且我马上就弄完了。”

她本想问要不要给他做一个三明治送上来，但她却听到她自己说：“我要去散步，你愿意的话，可以跟我一起。”

“我非常乐意。”他说。

她穿上自己的靴子，并在工棚里给他也找了一双。他们没有穿过田地抄近路，而是在车道的尽头过马路，沿着一条灌木丛边缘的林地古道走。经过曾是小木屋的那堆木材时，他说：“今天早上我看到你丈夫在劈柴。对他的年龄而言，他真是非常健康。”

“是的，”她说，“他一直很强壮。”

“你结婚时，一定非常年轻。”

“当时我二十三岁，”她说，“几乎不能算是一个年轻的新娘，但按现在的标准看是年轻的，我想。”

他们走到一个通往森林的缺口处。一棵树上钉着一块禁枪禁火的告示牌，牌子上有一半的字母都缺失了。他迟疑了一下，她则继续往前走去，走在一条落满松针、长满草的小径上。她放慢脚步，好让他赶上来，他们并排走着，靴子踩在最近下过雨的松软地面上，一步一陷。他们走在小路的中间，在树木构成的漫长隧道中左看右看，不时还要低头避开树枝。他们在一大袋家庭垃圾前停下——纸尿布、蛋壳、铝箔纸盒从袋子里溢出来，落在林地上。

“谁会干这样的事？”帕维尔说。

“本地人，很可能，”她说，“他们晚上来这里，知道没人会看到他们。”帕维尔试图把垃圾装回袋子里，但这是一个无望的举动，就像一个试图把肠子塞回到破裂的腹腔里的外科医生。当他站起来时，他的双手沾满了尘土和松针。她从外套口袋里掏出一块手帕，递给他。

“这经常发生吗？”他说。

“只在靠近入口的地方，”她说，“人是很懒的。”他用完了手帕，似乎不确定该如何处理它。“我不想收回它。”她说，并咧嘴笑笑，他就把它放进了他自己的口袋里。

他们越往里走，周遭就越安静，鸟也越少，偶然能听到下层灌木丛中看不见的动物发出的沙沙声。他谈起伦敦和他的工作，她则聊到他们从城里到这里的搬迁、孩子们小时候的岁月，以及在日本的约翰。她注意到他的嘴唇越抿越紧，便放慢脚步。

“谢谢你那么麻烦地准备好房间。”他说。

“不麻烦。”

“我很感动，”他说，“尤其是看到被套上的熊和兔子睡衣袋。”

她瞥了一眼他，发现他是在逗她。她笑起来。

“她没有告诉你我会来，是吧？”他说。

“没有，但这不要紧。”

“我很抱歉这造成了尴尬，”他说，“我知道你丈夫有点恼火。”

“他是对伊玛恼火，”她说，“不是对你。无论如何，这不要紧。”

她感觉到他有点累了，当他们走到一棵倒下的树跟前时，她在树干上坐下来，他在她旁边坐下。她仰起脑袋，朝天看。这儿看不到天空，但能看到光亮，光线透过树照下来，似乎吸收了一点黄色和绿色。她脚边的草地上长着一片毒蘑菇，棕色的马勃菌。它们释放出一团难闻的孢子，他饶有兴趣地弯下腰，用手指戳戳它们，直到它们释放出更多的孢子。他掏出手机，拍了一张照片。

“过去四年里，我见过奥辛三次，”她说，“明天伊玛将带他回伦敦，这让我难以忍受。”

他把手机放回去，伸出手，握住她的手。“我很抱歉，”他说，“我不理解为什么伊玛本可以住在这里，却要住在别的地方。不过我想我并不理解伊玛。”

“我对他来说是一个陌生人，”她说，“我是他的外婆，可我也是一个陌生人。他长大后不会知道我是谁。”

“他已经知道你是谁了。他会记得的。”

他开始非常轻柔地用大拇指搓她的掌心。她把手抽走，站起来，背对他站着。依然背对着他，她指指一条由树构成、与主路垂直的昏暗通道。“那是一条近路，”她说，“它一路通回主干道。我记得多年前孩子们小的时候走过。”

这条路线较少为步行者使用，肆意生长的树枝纠缠在一起，随处可见斜出来挡着路的枝条，它们也没有要掉下来，只是伸出来搭在其他树上。蕨类植物长得很高，打着卷，树干上的苔藓有几英寸厚。在一片寂静中，她想象自己能听到靴子把树叶踩进泥里时，叶脊断裂的声响。他俩走路时，双手都垂在身体两侧，两人之间的距离是如此近，假如他们不当心的话，就很可能会碰到。小路把他们带到一个主干道边的出口，他们默默地走回家，到家时科尔曼的车子正好驶上车道。

他们全回来了：科尔曼，伊玛，奥辛。伊玛的情绪变了。现在她充满了经常主宰她的狂热能量，她打开起居室橱柜的抽屉，把里面的东西摊得地毯上到处都是，搜寻大学时一场展览的旧导览册。奥辛有一辆外公给他新买的玩具卡车。它跟楼梯底下的那辆玩具卡车几乎一模一样，只是这辆轮子齐全。他坐在厨房地上，一边在地砖上来回开玩具卡车，一边发出引擎加速的响声。科尔曼闷闷不乐的。他泡了一壶茶，不是他常喝的那种，而是凯特喜欢的柠檬姜茶，他们一起坐在桌边。

"你跟柯克舰长[①]处得怎么样？"

"挺好的。"她说。

伊玛找到了她要找的东西，从起居室走进来。她从壶里倒了一杯茶，一边喝一边看着窗外。帕维尔正在花园的尽头，给风车拍照。"知道它们让我想起什么吗？"伊玛说，"那些约翰以前经常用玻璃罐捕捉的熊蜂。他会把棍子的一头插进它们的肚子，另一头插进地里，我们会看着它们疯狂地扇动翅膀。"

"伊玛！"凯特说，"他那么做时，它们都已经死了。"

伊玛从窗户边转过身，尖声笑了一下。"我忘了，"她说，"圣人约翰，天选之人。"她把喝剩的茶倒在水池里。"相信我，"她说，"熊蜂是活的。至少他开始时，它们是活的。"

奥新从地上站起来，手里捏着新玩具卡车，走到他妈身边。"如果我不带我的镭射枪，我能带这个吗？"他说。

"行的，行的，"伊玛说，"现在你去起居室看看是不是

① 全名为詹姆斯·泰比里厄斯·柯克，是科幻作品《星际旅行》系列中的一个虚构角色。

能找到我的打火机，好吗？”她用手做了一个射击的姿势。

小家伙停下，打量了一下玩具卡车。“或者我带上镭射枪，不带乐高，”他说，“澳大利亚大概有很多乐高。”

“澳大利亚？”凯特说。她看看桌子对面的科尔曼，但他正盯着自己的杯子，凝视着在杯底打旋的茶渣。

伊玛叹了一口气。“对不起，妈妈，”她说，“我之前就想跟你说的。无论如何，不是去好几年，而且要等到夏天才出发。”

那天晚上躺在床上，她开始哭泣。科尔曼打开台灯，翻身面对她侧躺。“你知道那姑娘是什么样的，”他说，“她干什么都不会长久。澳大利亚也不会例外。”

“但你怎么知道呢？”当她勉强能挤出词语时，她说，“或许他们会永远待在那儿。”

她把脸埋在他的肩膀里。他的气味，他的感觉，她的身体环绕着他的身体，一切都跟她记得的一样。她爬到他身上，贴着他的身体，她把头靠在他粗硬的胸毛上，一边去解他睡衣的纽扣。他尴尬地隔着她的睡袍轻轻地拍着她的背，她则继续在哭。她亲吻他，吻他的嘴、他的脖子，解开他睡衣的其余纽扣，抚摸他的肚子。他没有回应，但也没有反对，她的手滑到更低处，伸到他睡裤裤腰的下面。他不再轻拍她的背。他轻轻地捏住她的手腕，把她的手挪开，放到她的身旁。然后他慢慢地把他自己从她下面移出来，翻身面对墙壁，背对她。

刚才她的睡袍往上卷到了她的肚子处，她把它往下拉到膝盖上。她慢慢挪回到床垫的边缘，一动不动地躺着，盯着天花板看。家里很安静，没有任何前一晚那样的声响。她能听到科尔曼摸索着他的衣服，当她侧身一瞥时，她看到他正在扣纽扣。他关掉台灯，过了一会儿，可能是半个小时，她听到了呼噜声。她知道她也应该试着睡觉，却睡不着。明天，他们将回到伦敦：奥辛、伊玛和帕维尔。奥辛大概会想带上那个头骨。她想象他再度早早醒来，天一亮就偷偷下楼来到桶旁边。她一下子从床上站起来，赤脚走下楼。

电话桌上的台灯配着红色灯罩，是科尔曼制作的木头台灯中的一盏，它在门厅中洒下一片玫瑰红色的光晕。猫冲到她的脚踝边，呜咽着蹭她。“你在干什么？”她说，蹲下来用手摸它的背，“你为什么没在睡觉？”他们放猫窝的起居室的门半开着。她听了听，觉得听到了一些动静。猫在她的两腿间钻来钻去，这时它突然飞快地跑进起居室，接着又跑出来，发出轻轻的抱怨声。她走到起居室的门边，在门厅透过来的灯光下，她看到沙发上有一个人影。是帕维尔，他盖着一条毯子，以一个靠垫为枕头。

他坐起来，伸手从咖啡桌上拿过眼镜。他显得有点困惑，仿佛是刚刚醒来，但她发现当他意识到是她时，他的表情变了。“凯特。”他说，哪怕是在半明半暗之中，她依然觉察到他的目光游移到她纤薄的棉睡袍上面。家里一片寂静，猫也平静下来，蹲在她脚边的地毯上。帕维尔凝视着她，却没有再说话。他们就这样僵着，谁也没有动，她明白他在等待，让她来决定。过了一会儿，她转身，穿过门厅走进厨房，猫轻手轻脚地跟在她后面。

在杂物间里，她戴上一副橡胶手套，把手浸在桶里，捞出头骨。它上面的漂白液滴在地上，她拿了一块毛巾，把它擦干，擦拭它的眼眶边缘、下颚的裂隙。她把它放在洗衣机上，看着它，它也用空洞深陷的眼睛盯着她看。她懒得穿外套，而是把脚滑进科尔曼的威灵顿靴子里，把装满漂白液的桶拎到外面。

天很冷，预示着最后一波霜冻，她在睡袍下颤抖。房子后面的地里，新砍的那堆木头在月光下看起来几乎是白色的，月光在丹尼希家工棚的镀锌钢板屋顶上闪烁，在森林的树顶上洒下一层银光。她斜过水桶，把漂白液倒在地上。有那么片刻，液体停滞在表面，然后才慢慢地渗透开去，直到石头上只剩下星星点点的昆虫尸体。她放下水桶，凝视着夜空。天上有星星，无数颗星星，她从儿时起认识的熟悉星座。在这个距离下，它们看上去冰冷、静止、美丽，但她曾在什么地方读到过它们是一直在移动的，全靠它们自己的重力维系在一起。它们是白热化的灰尘和气体，它们的光芒，如果你凑近，会让你失明。

Danielle McLaughlin
DINOSAURS ON OTHER PLANETS (THE SMELL OF DEAD FLOWERS)

This edition arranged with C & W, a trading name of CONVILLE & WALSH LIMITED
through Big Apple Agency, Inc., Labuan, Malaysia.

本书出版获得 Literature Ireland 资助，特此鸣谢。

LITERATURE IRELAND
Promoting and Translating Irish Writing

图字:09-2025-0132 号

图书在版编目(CIP)数据

枯花的气味 /（爱尔兰） 丹妮尔·麦克劳克林
(Danielle McLaughlin) 著 ; 金逸明译. -- 上海 : 上
海译文出版社, 2025. 7. -- ISBN 978-7-5327-9915-2

Ⅰ. I562.45

中国国家版本馆 CIP 数据核字第 2025YA0634 号

枯花的气味
[爱尔兰]丹妮尔·麦克劳克林 著 金逸明 译
特约策划/彭伦 郭歌 责任编辑/管舒宁 封面设计/一亩幻想

上海译文出版社有限公司出版、发行
网址:www. yiwen. com. cn
201101 上海市闵行区号景路 159 弄 B 座
苏州市越洋印刷有限公司印刷

开本 850×1168 1/32 印张 7 插页 2 字数 108,000
2025 年 7 月第 1 版 2025 年 7 月第 1 次印刷
印数:0,001—5,000 册

ISBN 978-7-5327-9915-2
定价:65.00 元